PHILIP EN DE ANDEREN

AUSGESONDERT
NICHT TAUSCHBAR

Cees Nooteboom
Philip en de anderen

Roman

Met een nawoord door
Rüdiger Safranski

2009
DE BEZIGE BIJ
AMSTERDAM

Copyright © 1955 Cees Nooteboom
Copyright nawoord © 2003 Rüdiger Safranski
Eerste druk 1955, bij Em. Querido's Uitgeverij NV, Amsterdam
Tiende druk 2009
Omslagontwerp Brigitte Slangen
Omslagafbeelding Max Neumann
Foto auteur Johan van der Keuken
Vormgeving binnenwerk Adriaan de Jonge
Druk Clausen & Bosse, Leck
ISBN 978 90 234 3871 7
NUR 301

www.debezigebij.nl

Pour Nicole et pour notre ami aux cheveux gris

Ces povres resveurs, ces amoureux enfants.

Constantijn Huygens

Je rêve que je dors, je rêve que je rêve.

Paul Eluard

Eerste boek

1

Mijn oom Antonin Alexander was een vreemde man. Toen ik hem de eerste keer zag, was ik tien jaar en hij ongeveer zeventig. Hij woonde in een lelijk, ontzaggelijk groot huis in het Gooi, dat volgestopt was met de meest eigenaardige, nutteloze en afschuwelijke meubels. Ik was toen nog erg klein en ik kon niet bij de bel. Op de deur bonzen of met de brievenbus klepperen, zoals ik anders altijd deed, durfde ik hier niet. Ten einde raad ben ik toen maar rond het huis gelopen. Mijn oom Alexander zat in een manke crapaud van verschoten paars pluche, met drie gelige antimakassars, en hij was inderdaad de vreemdste man die ik ooit gezien had. Aan elke hand droeg hij twee ringen, en pas later, toen ik er na zes jaar voor de tweede keer kwam om er te blijven, kon ik zien dat het goud koper was, en de rode en de groene stenen (ik heb een oom, die draagt robijnen en smaragden) gekleurd glas.

'Ben jij Philip?' vroeg hij.

'Ja oom,' zei ik tegen de figuur in de stoel. Ik zag alleen maar de handen. Zijn hoofd was in de schaduw.

'Heb je iets voor me meegebracht?' vroeg de stem weer. Ik had niets meegebracht en ik zei: 'Ik geloof het niet, oom.'

'Je moet toch iets meebrengen.'

Ik denk niet dat ik dat toen gek vond. Als er iemand

kwam, moest hij eigenlijk iets meebrengen. Ik zette mijn koffertje neer en liep terug, de straat op. In de tuin naast die van mijn oom Alexander had ik rododendrons gezien en ik ging voorzichtig het hek binnen en sneed er met mijn zakmes een paar af.

Voor de tweede keer stond ik voor het terras.

'Ik heb bloemen voor u meegebracht, oom,' zei ik. Hij stond op en voor het eerst zag ik zijn gezicht.

'Ik stel dit buitengewoon op prijs,' zei hij – en hij maakte een kleine buiging. 'Zullen wij een feest vieren?' Hij wachtte mijn antwoord niet af en trok mij aan zijn hand mee naar binnen. Ergens deed hij een klein lampje aan, zodat de wonderlijke kamer gelig verlicht werd. Die kamer was vol stoelen in het midden – langs de muren stonden drie sofa's vol zachte beige en grijze kussens. Voor de muur waarin de terrasdeuren gemaakt waren, stond een soort piano, waarvan ik later hoorde dat het een klavecimbel was.

Hij zette me op een sofa en zei: 'Ga maar liggen, neem maar veel kussens.' Zelf ging hij op een andere sofa liggen, langs de muur tegenover de mijne, en toen kon ik hem niet meer zien, vanwege de hoge ruggen van de stoelen die tussen ons in stonden.

'Wij moeten dus een feest vieren,' zei hij. 'Wat doe je graag?'

Ik las graag en ik keek graag plaatjes, maar dat kun je op een feest niet doen, dacht ik – dus dat zei ik niet. Ik dacht even na en zei: "s Avonds laat in een bus rijden, of 's nachts.'

Ik wachtte op een bevestiging maar die kwam niet.

'Aan het water zitten,' zei ik, 'en in de regen lopen en soms iemand kussen.'

'Wie?' vroeg hij.

'Niemand die ik ken,' zei ik, maar dat was niet waar.

Ik hoorde hoe hij opstond en naar mijn sofa toe liep.

'Wij gaan een feest vieren,' zei hij. 'Wij gaan eerst met de bus naar Loenen, en dan weer terug naar Loosdrecht. Daar gaan we aan het water zitten en misschien drinken we wel iets. Daarna gaan we weer met de bus naar huis. Kom.'

Zo heb ik mijn oom Alexander leren kennen. Hij had een oud, wittig gezicht, waarin alle lijnen naar beneden liepen – een mooie dunne neus en dikke, zwarte wenkbrauwen, als oude rafelige vogels.

Zijn mond was lang, en rozig, en meestal droeg mijn oom Alexander een joods kapje, hoewel hij geen jood was. Ik denk dat hij onder het kapje geen haren had, maar dat weet ik niet zeker. Die avond was het eerste echte feest dat ik ooit heb meegemaakt.

Er waren haast geen mensen in de bus, en ik dacht: een autobus in de nacht is als een eiland, waar je bijna alleen op woont. Je kunt je gezicht zien in de ramen en je hoort het zachte praten van de mensen als kleuren aan het geluid van de motor. Het gele licht van de kleine lampjes maakt de dingen binnen en buiten anders en het nikkel schokkert door de stenen van de weg. Omdat er zo weinig mensen zijn, stopt de bus haast nooit en je kunt dan denken hoe hij er van buiten af uit moet zien, als hij over de dijk rijdt met de grote ogen voor, de gele vierkantjes van de ramen en het rode licht achter.

Mijn oom Alexander kwam niet naast mij zitten – hij ging helemaal naar een andere hoek, 'want anders is het geen feest meer, als je tegen elkaar moet praten,' zei hij. En dat is waar.

Als ik achterom in de ruit keek, zag ik hem zitten. Het

was alsof hij sliep, maar zijn handen bewogen over het koffertje dat hij had meegenomen. Ik had hem wel willen vragen wat er in het koffertje zat, maar ik dacht dat hij het misschien toch niet zou zeggen.

In Loosdrecht stapten we uit, en liepen tot we aan de Plas kwamen.

Daar maakte mijn oom Alexander het koffertje open en haalde er een oud stuk zeildoek uit, dat hij over het gras legde omdat het zo nat was.

Wij gingen zitten naar de maan, die groenig vóór ons in het water wiebelde en hoorden het geschuifel van de koeien in het weiland aan de andere kant van de dijk. Er waren ook nevels en kleine mistsluiers over het water en vreemde kleine geluiden in de nacht, zodat ik eerst niet merkte dat mijn oom Alexander misschien wel zachtjes huilde.

Ik zei: 'Huilt u, oom?'

'Nee, ik huil niet,' zei mijn oom, en toen wist ik zeker dat hij wel huilde en ik vroeg hem: 'Waarom bent u niet getrouwd?' Maar hij zei: 'Ik ben wel getrouwd. Ik ben met mezelf getrouwd.' En hij dronk iets uit een klein, plat flesje, dat hij in zijn binnenzak had (Courvoisier stond erop, maar dat kon ik toen niet uitspreken) en ging verder: 'Ik ben wel getrouwd. Heb je wel eens van de *Metamorphoses* van Ovidius gehoord?'

Ik had er nog nooit van gehoord, maar hij zei dat het er niet toe deed, want dat het er eigenlijk ook niet zoveel mee te maken had.

'Ik ben met mezelf getrouwd,' zei hij. 'Niet met mezelf zoals ik eerst was, maar met een herinnering, die mij geworden is. Begrijp je dat?' vroeg hij.

'Nee oom,' zei ik.

'Goed,' zei mijn oom Alexander, en hij vroeg of ik chocola lustte, maar ik hield niet van chocolade, zodat hij de repen die hij voor mij had meegebracht, zelf opat. Daarna vouwden wij samen het zeil weer tot een kleine rechthoek en deden het in het koffertje. Over de dijk wandelden we terug naar de bushalte, en toen we bij de huizen van de mensen kwamen, roken we de jasmijn en we hoorden hoe het water zacht tegen de roeibootjes aan de steiger bewoog. Bij de bushalte zagen we een meisje in een rode jas, dat afscheid nam van haar vriend. Ik zag hoe ze met een vlug gebaar haar hand achter in zijn hals legde en zijn hoofd naar haar mond trok. Ze kuste hem op zijn mond, maar heel kort, en ging toen vlug de bus in. Toen wij in de bus kwamen, was ze al iemand anders geworden. Mijn oom Alexander kwam naast me zitten, dus ik begreep dat het feest toen afgelopen was. In Hilversum hielp de conducteur hem uitstappen, want hij was nu erg moe geworden en hij zag er heel erg oud uit.

'Vannacht zal ik voor je spelen,' zei hij – want het was nacht geworden en het was heel stil op straat.

'Hoe spelen?' vroeg ik, maar hij gaf geen antwoord. Eigenlijk lette hij niet meer zo op mij, ook niet toen wij weer thuis waren, in de kamer.

Hij ging achter het klavecimbel zitten en ik ging achter hem staan en keek naar zijn handen, die het sleuteltje twee keer ronddraaiden en daarna het deksel optilden. 'Partita,' zei hij, 'symfonie', en hij begon te spelen. Ik had het nooit eerder gehoord, en ik dacht dat alleen mijn oom Alexander dit kon. Het klonk als heel lang geleden, en toen ik weer op mijn sofa ging liggen, werd het erg ver weg.

Ik kon allerlei dingen zien in de tuin, en het was alsof alles bij de muziek hoorde, en bij het zachte snuiven van mijn oom Alexander.

Af en toe zei hij opeens iets.

'Sarabande,' riep hij, 'sarabande.' En later: 'Menuet.'

De kamer werd vol van het geluid en ik wilde dat hij nooit meer op zou houden, omdat ik voelde dat het bijna uit was. Toen hij opgehouden was, hoorde ik hoe hij hijgde, want hij was al een oude man. Hij bleef even zo zitten, maar toen stond hij op en draaide zich naar mij toe. Zijn ogen schitterden en ze waren heel groot en donkergroen, en hij fladderde met zijn grote witte handen.

'Waarom sta je niet op?' zei hij, 'je moet opstaan.'

Ik stond op en ging naar hem toe.

'Hier is mijnheer Bach,' zei hij.

Ik zag niemand, maar hij zag heel zeker wel iemand, want hij lachte zo vreemd en zei: 'Dit is Philip, Philip Emmanuel.'

Ik wist niet dat ik ook Emmanuel heette, maar ze vertelden mij later dat mijn oom Alexander er bij mijn geboorte op aangedrongen had, omdat een van de zonen van Bach zo heette.

'Geef mijnheer Bach een hand,' zei mijn oom. 'Toe dan, geef hem maar een hand.'

Ik geloof niet dat ik bang was – ik stak mijn hand uit in de kamer, en deed alsof ik een hand schudde. Op de muur zag ik plotseling een gravure van een dikke man met een hoop krullen, die mij vriendelijk, maar van erg ver, aankeek.

J.S. Bach, stond eronder.

'Zo ja,' zei mijn oom, 'zo ja.'

'Mag ik nu naar bed gaan, oom?' vroeg ik – want ik was erg moe.

'Naar bed? Ja, natuurlijk – wij moeten slapen,' zei hij – en hij bracht me naar een klein kamertje met geel bloemetjesbehang en een oud ijzeren ledikant met koperen knoppen.

'Er staat een po in het grijze kastje,' zei hij, en hij ging weg. Ik ben meteen in slaap gevallen.

De volgende morgen werd ik wakker omdat de zon warm werd door het glas. Ik bewoog me niet, want er waren veel vreemde dingen.

Naast mij op het grijze kastje stonden de rododendrons die ik voor mijn oom Alexander geplukt had, de vorige avond. Die nacht waren ze er niet geweest, dat wist ik zeker – dus hij moest ze er 's nachts, terwijl ik sliep, hebben neergezet. Aan de muur hingen vier dingen. Een stuk uit een krant, netjes uitgeknipt en opgeprikt met vier koperen punaises. Het was helemaal geel geworden, maar ik kon het nog goed lezen. Er stond op: Afvaartlijst en Posities van schepen – 12 September 1910. Daarnaast hing een oude prent achter glas, met een zwarte gelakte lijst. Er was veel stof tussen de plaat en het glas gekomen, zodat de kleuren zacht geworden waren. 'Return from school' stond erop, en een jongen met een kuitbroek en een hoed met een brede rand sprong uit een koets met twee paarden en liep hard naar zijn moeder, die bij de deur op hem wachtte met uitgespreide armen. In de tuin van het huis bloeiden grote gele en blauwe bloemen, die ik nog nooit in het echt gezien had.

Op de andere muur hing een zwemdiploma A. Borst- en rugzwemmen, en met dunne spitse letters was erop geschreven: toebehoorende aan Paul Sweeloo. Vlak daarboven hing een grote, vergeelde foto op karton van een Indische jongen met hele grote ogen en het haar in pony over zijn voorhoofd, zoals ik het heb.

Ik ging langzaam het bed uit om naar beneden te gaan. Het kamertje kwam uit op een grote overloop, waarop nog vele andere kamers uitkwamen. Aan alle deuren luisterde ik of mijn oom Alexander soms in een van de kamers was – en ik probeerde ook door het sleutelgat te kijken, maar dat ging niet.

Met twee handen aan de leuning liep ik de trap af en keek in de hall. Het was heel stil in het huis, en ik was een beetje bang, want ik wist niet meer welke van de deuren de deur van gisteravond was.

Daarom nam ik mijn zakmes, knipte het uit en legde het plat op het parket van de hall.

Daarna liet ik het heel hard ronddraaien, en wachtte tot het stil zou houden. Er waren overal deuren, en de deur waarnaar de punt van mijn zakmes zou wijzen, zou ik ingaan. Het was de deur van de kamer waar de sofa's stonden, want toen ik de knop heel langzaam naar beneden gedrukt had en de deur op een kier openstond, hoorde ik mijn oom Alexander slapen. Hij lag nog aangekleed op de sofa met zijn mond open en zijn knieën een beetje opgetrokken. Zijn armen hingen slap naar beneden, zodat zijn handen de grond raakten. Ik kon hem nu heel goed onderscheiden, en zag dat hij een zwart jasje droeg en een broek zonder zoom; een streepjesbroek noemen ze zo'n broek en de mensen dragen hem als ze trouwen, of als ze naar een begrafenis gaan, of als ze heel oud geworden zijn, zoals mijn oom Antonin Alexander.

Omdat ik bang was dat hij wakker zou worden, trok ik de deur weer langzaam dicht, zodat het slot niet zou klikken, en ik ging weer naar mijn kamertje, boven.

En daar zag ik de boeken, de boeken van Paul Sweeloo. Het waren er niet zoveel, en van de meeste kon ik toen de titels nog niet lezen, maar zes jaar later, toen ik op dezelfde kamer sliep, heb ik ze eens opgeschreven. Het eerste van de rij was *Deutsches Jahrbüchlein für Zahnärzte 1909*.

Er stond in: voor Paul Sweeloo, van... en dat kon ik niet lezen. Daarnaast een deel van de verzamelde werken van Bilderdijk – voor Paul Sweeloo van Alexander, je vriend. Ik begreep dat toen niet goed, hoe dat boek daar kwam, want, dacht ik, als je een boek weggeeft, hou je het toch niet zelf?

Het volgende was *Kritik der reinen Vernunft* – door Immanuel Kant – voor Paul Sweeloo, van je toegewijde... en ik kon het weer niet lezen.

Zo ging het door. *Histoire de la Révolution Française*, zeven delen, door Michelet. *De architectuur en hare hoofdtijdperken*, door Henri Eevers; *Le Rouge et le Noir* van Stendhal; de *Brieven* van Cd. Busken Huet, uitgegeven door zijne vrouw en zijn zoon; en ten slotte een heel klein oud boekje, *Dell' Imitatione Di Christo Di Tomasso Da Kempis*.

In alle boeken stond onveranderlijk 'voor Paul Sweeloo', maar de namen achter 'van' waren onleesbaar.

Ik keek eens naar het portret, als om hulp, maar de Indische jongen keek mij vreemd aan, en plotseling begreep ik dat ik in zijn boeken stond te kijken. Ben jij Paul Sweeloo? dacht ik en ik zette de boeken weer terug in de kast, zodat zij met hun ruggen precies op een gelijke rij stonden. Toen ik dat gedaan had, merkte ik dat mijn handen vol dik, grijs stof zaten.

Op de onderste plank van de boekenkast stond een grote kist, en omdat ik als ik op mijn hurken zat het portret met de ogen toch niet kon zien, tilde ik het deksel voorzichtig op. Het was een grammofoon.

Er lag nog een plaat op, 'Die Gralserzählung', aria uit *Lohengrin*, van Richard Wagner. Naast de plaat lag een hendel, die aan de buitenkant in de kist gestoken moest worden, en waaraan je dan moest draaien om muziek te krijgen. Ik waaierde met mijn zakdoek het stof van de plaat en begon te draaien. De muziek was hard, en boosaardig nam zij bezit van de kamer, alsof ik er niet meer was.

Doordat de plaat zo hard speelde, hoorde ik mijn oom Alexander pas toen hij vlak bij mijn deur was. Hij liep hard en hijgde en schreeuwde: 'Uitdoen – je moet de plaat afdoen.'

En hij duwde mij opzij en schoof de zware houder met de naald met een wild, of misschien wel angstig gebaar van de plaat, zodat er een grote kras op kwam, en de muziek met een krijs ophield, plotseling.

Mijn oom Alexander wachtte tot hij niet meer zo hijgde; daarna pakte hij voorzichtig, bijna schuw de plaat op en ging ermee in een hoek staan.

'Een kras,' mompelde hij, 'er zit een kras op de plaat' – en alsof het stof was, probeerde hij de kras met een manchet van zijn witte overhemd weg te vegen. Ik trok de zwengel uit de zijkant en legde hem in de kist. Daarna ging ik naar beneden.

Op straat waren kinderen aan het spelen. Van het terras af kon ik ze horen roepen:

Wie doet er mee toverheks
Wie doet er mee toverheks

Door de struiken achter het hek kon ik ze goed zien. Het was een bruin meisje, met heel lang lichtblond haar en een lichtblauwe jurk zonder mouwen. De jongen was klein en had een dun, ouwelijk gezicht met grijze ogen. Hij liep mank.

Toen het meisje vlak bij dat gedeelte van het hek kwam waar ik stond, kwam ik uit de struiken en zei: 'Ik wil graag meedoen, maar ik weet niet hoe het moet.'

'Wie ben jij?' vroeg ze.

'Ik ben Philip Emmanuel.'

'Dat is een gekke naam,' zei de jongen, die er bij was komen staan, 'en je mag niet meedoen, want je hebt meisjeshaar.'

'Dat is niet waar,' zei ik, 'want ik ben een jongen.'

'Het is wel waar,' zei hij, en hij begon te zingen op een dreintoon:

Philip heeft meisjeshaar
Philip is gè-hèk
Philip mag niet meedoen.

'Schiet op,' zei het meisje, 'hou op, hij mag wel meedoen.'

'Hij mag niet meedoen.'

'Ga weg,' zei zij, en tegen mij: 'Ga je mee?'

'Waarnaartoe?' vroeg ik, maar zij trok haar wenkbrauwen heel hoog op, zodat haar ogen erg groot werden, en antwoordde: 'Naar Afrika natuurlijk.'

'Maar dat is toch veel te ver.'

'Och idioot,' gilde de jongen, 'Afrika is toch helemaal niet ver, het is om de hoek, in de andere straat.'

'Hou je mond,' zei het meisje, 'hou je grote rotmond.'

'Ga je mee?' zei ze tegen mij, en ik klom over het hek en liep met haar mee, de straat uit.

'Als hij meegaat, ga ik niet mee,' schreeuwde de jongen boosaardig, 'want hij heeft meisjeshaar en hij weet niet eens waar Afrika ligt.'

Ik heb geen meisjeshaar, wilde ik zeggen, en ik weet best waar Afrika ligt, om de hoek, in de andere straat, maar zij zei: 'Hij gaat mee.' En wij liepen samen weg, terwijl de jongen bij het hek bleef staan, en ineens begon te schreeuwen: 'Philip loopt met Ingrid. Philip loopt met Ingrid.' Wij keken niet om en ik zei tegen haar: 'Is dat waar?' 'Ik weet het niet,' zei ze, 'ik moet er nog over denken; hier om de hoek is Afrika.' Het was een stuk land waarop binnenkort huizen zouden gebouwd worden, want er stond een groot bord: Hier Te Bouwen Huizen Te Koop. Ingrid spuugde tegen het bord. 'Rotbord,' zei ze.

De grond was vol kuilen en er was een grote plas vol slijmerige lichtgroene waterplanten. Verder waren er af en toe stukken grijzig, hard zand en een kleine heuvel van vettige gele grond, leem denk ik, maar er stonden ook struiken, en scherp hoog gras, met soms berenklauwen en boterbloemen.

Ingrid liep voor mij uit door Afrika over een smal paadje en sloeg met een stok tegen de droge bladeren van de struiken, zodat grote vliegen brommend opvlogen.

Op een kale, open plek gingen we zitten.

'Heb jij proviand?' vroeg zij. Maar ik had natuurlijk niets. 'Dan moeten we eerst op proviand uit,' besloot ze, en we gingen weer een ander pad af, tot we bij de huizen kwamen.

'In die winkel, daar,' zei Ingrid, 'hebben ze geen losse drop, alleen in rolletjes. Nu moet je vragen: heeft u ook losse drop?'

'Waarom?' vroeg ik, 'als ze het toch niet hebben.'
'Dat zeg ik niet,' zei ze, 'anders durf je niet meer.'
'Ik durf het best,' zei ik. 'Als ik het doe, ben ik dan jouw vriend?'

Ze knikte van ja.

We gingen naar binnen, en nadat de bel was overgeslagen kwam een dikke vrouw in een glimmende zwarte jas naar voren.

'Heeft u alstublieft losse drop, mevrouw?' vroeg ik.

Maar ze had er geen.

Buiten begon Ingrid ineens te hollen, tot we weer om een hoek waren.

'Kijk,' zei ze toen we stilhielden – en ze deed voorzichtig een hand een beetje open, en ik zag dat ze haar handen vol krenten had, die ze nu voorzichtig in de zakken van haar jurk liet glijden.

'Nou ben ik jouw vriend,' zei ik, en ik gaf mijn vriendin Ingrid een hand, en wij gingen terug naar Afrika, en aten de krenten op, op de gele heuvel, zodat we heel Afrika konden zien, tot aan de grenzen.

Mijn vriendin Ingrid zei niets meer en begon mij aan te kijken.

Ze bewoog heel zachtjes met haar hoofd, zodat haar haar heen en weer schoof langs haar armen. Maar het was alsof haar ogen niet mee bewogen. Terwijl ik haar ook aan bleef kijken, wees ik met mijn hand naar rechts en zei: 'Die bloemen daar zijn pinksterbloemen.'

Maar mijn vriendin Ingrid bleef stil en keek mij aan. Daardoor kwam het dat wij alle twee een bel hoorden van ver weg. Zij stond op en ik ook. 'Dat is de bel van ons huis,' zei ze – en toen: 'Ik wil wel met je lopen,' en terwijl haar mond open was, kuste mijn vriendin Ingrid mij heel vlug, zodat mijn mond nat werd en ik haar tanden kon voelen. Daarna liep ze hard weg. Ik ging pas later, en ik kon de weg gemakkelijk vinden, want ze had overal blaadjes van de struiken en van de heggen van de tuinen afgetrokken.

Bij het huis van mijn oom Alexander zat een briefje op de punt van het hek geprikt. Ik maakte het open en las: 'Jou oom is een flikker.' Op dat ogenblik kwam mijn oom Alexander het tuinpad af, en ik frommelde het papiertje in mijn zak. 'Waar ben jij geweest?' vroeg hij. 'Naar Afrika, oom,' zei ik. 'Met mijn vriendin Ingrid.' 'Het is tijd voor je trein,' zei hij. 'Hier is je koffertje,' en hij verdween weer in de tuin.

Het was weer in dezelfde tijd van het jaar, maar zes jaar later, dat ik voor de tweede keer bij mijn oom Antonin Alexander kwam, nu om er te blijven. Ik kon nu wel bij de bel, maar omdat ik dacht dat hij wel op het terras zou zitten, liep ik door. Het eerst zag ik de handen.

'Ben jij dat Philip?' vroeg hij.

'Ja, oom,' zei ik.

'Heb je iets voor me meegebracht?'

Ik gaf hem de rododendrons die ik in de tuin naast de zijne gesneden had.

'Ik stel dit buitengewoon op prijs,' zei hij, en zittend, want hij was nu nog ouder geworden, maakte hij een kleine buiging, zodat zijn hoofd even in het licht kwam.

'Ga zitten,' zei hij, maar er was geen stoel, zodat ik aan zijn voeten op het houten trapje van het terras ging zitten, met mijn rug naar hem toe.

'Die jongen, die zei dat jij meisjeshaar had, had gelijk,'

begon de stem achter me. 'Dát die jongen dat zei, was een verdediging – dat moet je goed onthouden. De mensen moeten zich verdedigen tegen het vreemde.' Hij hield even stil en de tuin en de avond bewogen rondom ons.

'Er is een oud verhaal over het paradijs. Wij kennen het allemaal heel goed, en dat is niet verwonderlijk, want de enige werkelijke reden van ons bestaan is opnieuw in dat paradijs te komen, ofschoon dat niet mogelijk is.' Hij hijgde zachtjes. 'Maar we kunnen er dichtbij komen, Philip, dichter dan de mensen denken. Maar zodra iemand het niet bestaande paradijs nadert, gaan de mensen zich tegen hem verdedigen, want het vreemde is dat de ogen van de mensen verkeerd staan – hun lenzen zijn verkeerd geslepen – want hoe dichter ik nader tot die onmogelijke, volmaakte staat, des te kleiner ik word – maar al kleiner wordend, word ik groter in hun ogen, iets waartegen zij zich moeten verdedigen, want de mensen trekken altijd de verkeerde conclusies.

Als ik ringen draag' – en hij tilde zijn handen met de ringen, waarvan ik nu wist dat het koper en glas was, in de hoogte – 'zeggen zij dat dat ijdelheid is, en dat ik aan mijn ijdelheid heb toegegeven. Maar er bestaat niet zoiets als toegeven aan ijdelheid – er bestaat alleen afstand doen van die ijdelheid, en dat is afbrokkelen. Ik brokkel af, want ik offer op aan mijn ijdelheid, en daardoor word ik kleiner. Voor hén word ik vreemd, en daardoor groter – maar voor mezelf word ik hoe langer hoe gewoner, en daardoor kleiner. Het is als met eilanden. Hoe kleiner het eiland, des te groter de exclusiviteit, maar het kleinste eiland is al bijna zee. En niet de mensen om ons zijn de zee, maar de god die wij willen worden, die wij voor ons zien, en die onze naam draagt is de zee – wij leven voortdurend tegen onze eigen godheid aan. Je moet dat niet vergeten. Begrijp je wat ik bedoel?' vroeg hij.

'Niet helemaal, oom,' zei ik.

'Ik ben erg moe,' zei hij en hij ging verder, maar nu heel langzaam.

'Wij zijn geboren om goden te worden, én om te sterven; dat is krankzinnig. Het tweede is alleen voor ons verschrikkelijk, omdat wij daardoor het eerste nooit kunnen bereiken. Maar het eerste is voor de anderen iets vreselijks. Een god is iets vreselijks, omdat hij volmaakt is. En nergens is de mens zo bang voor als voor het volmaakte, en het vreemde, dat is: een weerschijn der goddelijkheid, die oneindige scala van mogelijkheden, waaronder de vreemdste. Maar toch blijven wij altijd wel ergens steken, het is hard dat toe te moeten geven.'

Hij hield op omdat hij niet meer kon praten, maar even later zei hij heel duidelijk: 'En dan is er ook nog zoiets als extase.'

'Begrijp je dat?' vroeg hij, 'wat ik nu gezegd heb?'

Ik geloof het niet, dacht ik, en ik zei: 'Een beetje.'

Hij nam de bloemen uit zijn schoot en stond op. 'Kom,' zei hij, 'wij gaan een feest vieren.' Ik ging op mijn sofa liggen, en hij op de zijne.

'O verdomme,' hoorde ik hem zeggen, 'je bent zo sterfelijk, jij, maar je moet er nooit mee ophouden, beloof me – je moet nooit ophouden waanzinnig te zijn en te proberen een god te worden.'

Ik hoorde hoe hij lachte en dan zachtjes begon te zingen:

Où allez vous?
Au Paradis!
Si vous allez au Paradis je vais aussi.

'Zeg dat tegen mij,' riep hij, 'zeg het dan.' En ik zong: 'Où allez vous?' en hij zei heel dringend: 'Au Paradis.'

'Si vous allez au Paradis je vais aussi,' antwoordde ik, en daarna heeft mijn oom Alexander het koffertje gehaald en wij hebben de bus genomen naar Loenen en vandaar naar Loosdrecht. Het lage land was rustig als altijd onder de avond, en nadat wij het zeildoek over het gras hadden uitgelegd, omdat het zo nat was, dronken wij van de Courvoisier en spraken niet meer.

Later, toen het nacht was, liepen we naar de bushalte op de dijk, en er was nu geen meisje met een rode jas. In de bus kwam mijn oom Alexander naast mij zitten, en hij zei: 'Ze was er nu niet, dat meisje, dat die jongen kuste op zijn mond, maar voor ons was ze daar nog wel, denk ik – want de dingen die ons omringen, blijven vol van onze herinneringen.'

'Niettemin is een mond niet het belangrijkste – het zijn de handen. Handen zijn het mooiste.'

Op straat, nadat we uitgestapt waren, zei hij: 'Vannacht zal ik voor je spelen,' en toen we thuisgekomen waren en hij achter het klavecimbel ging zitten, was het alsof hij niet moe meer was.

'Partita nummer twee,' riep hij, 'symfonie,' en terwijl hij als een grote rafelige vogel in elkaar dook over de toetsen, fluisterde hij: 'Grave adagio.'

Ik lag op mijn sofa, met mijn hoofd naar hem toe gekeerd en luisterde naar het kleine, weemoedige geluid van de toetsen tegen de snaren en naar het snuiven van mijn oom Alexander.

'Allemande,' zei hij, 'allemande, courante, sarabande – zie je ze dansen, mooi, mooi.'

Ineens bedacht ik dat ik van niemand van de mensen zoveel hield als van mijn oom Antonin Alexander, toen ik zag hoe hij het rondeau speelde en een ogenblik zijn hoofd met de wijde groene ogen naar mij toe draaide en fluisterde: 'Vivace, zie je dat? O.'

Na het laatste deel, de onstuimige caprice, bleef hij zitten met zijn armen naar beneden. 'Ik zou door moeten spelen, maar ik kan niet meer,' zei hij. Kort daarop stond hij op, en ik kwam ook overeind van mijn sofa. Zijn ogen schitterden weer en waren diep als water toen hij zei: 'Dit is mijnheer Bach, Johann Sebastian Bach.'

Ik boog en deed alsof ik een hand schudde.

'En dit is Vivaldi,' wees mijn oom in de kamer, 'Antonio Vivaldi, Domenico Scarlatti,' en hij noemde al die andere namen: 'Geminiani, Bonporti, Corelli,' en ik boog en zei: 'Sono tanto felice... Philip, Philip Emmanuel Vanderley. Het is een eer, het is een genoegen.' Nadat ik ze allemaal een hand gegeven had, vroeg ik of ik naar bed mocht gaan. 'Ja,' zei mijn oom Alexander, 'je moet naar bed. Het is laat geworden, doordat ze allemaal gekomen zijn. Ga nu maar naar boven; het is de vierde deur op de overloop.'

De kamer was nog precies eender – en toen ik 's morgens wakker werd, zag ik de boeken er nog zo staan als ik ze gelaten had, en ik zag ook weer de rododendrons naast mijn bed, en ik bedacht hoe het zou zijn als mijn oom Alexander 's nachts naar me keek terwijl ik sliep, maar toen bedacht ik dat de jongen van het portret er toch ook de hele nacht was, aan de muur.

Hij was er nog, alleen vond ik dat hij misschien mooier was geworden.

En plotseling was het alsof hij tegen mij zei: 'Ik heb een geheim.'

Ik keek hem weer aan, maar hij was weer vreemd geworden en ver weg – en toch was het alsof hij zojuist zijn hand door zijn haar had gehaald.

Ik deed het deksel van de grammofoon open, en haalde de zwengel eruit. Daarna draaide ik de grammofoon op, en nadat ik de naald op de plaat gezet had, liep ik naar de deur om mijn oom Alexander te horen aankomen. Zijn vlugge voetstappen op de trap klonken nu door het valse geschreeuw van de tenor en de hatelijke tik van de kras.

Hij gooide de deur open – zijn gezicht was vlekkerig rood, en ik kon zien dat zijn handen nat waren aan de binnenkant. Ja, en zijn mond stond open, en er was speeksel aan de hoeken.

Maar toch schreeuwde mijn oom Alexander niet, en toen ik de plaat had afgezet, zei hij: 'Ik zal het allemaal vertellen.'

De jongen aan de muur bewoog misschien met zijn mond, maar dat kan ook wel verbeelding van mij geweest zijn; in ieder geval gingen wij naar beneden naar de tuin, en wij gingen op een bank zitten, met onze voeten in het natte hoge gras.

'Hij heette Paul Sweeloo,' begon mijn oom Alexander, 'en hij was hier met zijn vader op een lang verlof uit Indië. Zijn moeder was een inlandse, maar die was dood, geloof ik – in elk geval was ze er niet bij en Paul sprak nooit over haar.

Hij woonde in dit huis, maar de tuin was toen veel groter, en grensde aan de mijne, die lag waar nu die nieuwe huizen staan. Ik zag hem dikwijls lopen, en omdat hij dacht dat er niemand was, praatte hij altijd hardop – ik kon dat niet verstaan, omdat hij niet dicht genoeg bij het hek kwam. Wel kon ik zien dat hij nooit lachte, en dat hij altijd dingen tussen zijn handen stukmaakte, of bladeren aftrok. Ik durfde nooit iets te roepen – maar een keer kwam hij zo dicht langs mijn tuin, dat ik hem kon horen. "Er is niemand," zei hij, "er is helemaal niemand."'

Mijn oom Alexander schoof heen en weer op de bank, en schommelde met zijn voeten door het gras, zodat het ritselde.

'Ja,' zei hij, 'en omdat ik toen toch iets gezegd heb, zit ik nu misschien hier op zijn bank, want ik zei: "Dat is niet waar. Ik ben er."

De jongen draaide zich om en ik zag dat hij de ogen had van een dier, een roofdier – het waren zwarte ogen, en toen ze mij in mijn tuin gevonden hadden, lieten ze me niet meer los. Hij trok met zijn mond en schudde wild met zijn hoofd. "Wie ben jij dan?" zei hij en kwam dichterbij. "Ik ken jou toch niet."

"Ik ben van het huis hiernaast," antwoordde ik en ik klom over het hek. Hij hielp me om aan de grond te komen, want ik kon niet zo erg goed klimmen.

"Je bent al een oude man," zei hij, "want je hebt al een beetje grijs haar. Waarom praat je met mij?"

"Je moet niet op blote voeten lopen," zei ik, "het gras is veel te nat."

"Wat geeft dat nou. Kijk," en hij liet mij het eelt onder zijn voeten zien, "in Indië loop ik altijd op blote voeten." En ineens stampte hij met zijn voet op de grond. "Je moet weggaan uit mijn tuin – je bent een oude man!" Het is nu al veertig jaar geleden, maar hij was toen tien jaar en ik was dus veel ouder.

"Help me dan over het hek," vroeg ik.

"Nee," zei hij. "Je kunt het best zelf." Maar het was een hoog hek en ik was bang dat ik er af zou vallen, en dat hij dan zou lachen, en daarom zei ik: "Ik heb iets aan mijn been."

Hij kwam naar voren om me te helpen, en ik voelde hoe sterk hij was toen hij zijn handen samenvouwde tot een opstap voor mijn voeten.

"Je handen worden vuil van mijn schoenen."

"Trek ze dan uit," zei hij ongeduldig, "of ben je soms bang dat je voeten nat worden?" Dat was het niet, maar ik dacht dat mijn voeten belachelijk oud en wit zouden zijn, naast die van hem.

"Laat maar," zei ik. "Ik klim wel alleen." Natuurlijk viel ik, aan mijn kant van het hek, maar toen ik opkeek of hij soms lachte, zag ik dat hij verdwenen was. "Hé," riep ik, "kom maar te voorschijn, ik zie je toch wel.

Ik blijf hier staan tot je eruit komt," riep ik weer. "Ik blijf hier de hele tijd staan."

Ja,' zei mijn oom Alexander, 'ik bleef daar staan en bedacht hoe belachelijk ik eruit moest zien voor hem, die ergens naar mij zat te loeren als een jager in de struiken. Mijn broek was gescheurd, en het was zacht gaan regenen zodat ik koud en nat begon te worden. Plotseling begon het ook nog te waaien, zodat de boom waar ik onder stond zijn druppels over mij uitschudde – maar de bomen in zijn tuin bewogen niet, en toen ik rondom me keek zag ik dat ook de bomen van mijn tuin roerloos stonden onder de zachte, sluierachtige regen, en hij begon te lachen boven mijn hoofd en schudde nog harder met de takken.

"Kom eruit," riep ik, "direct val je."

"Ik val nooit," riep hij, en hij liet zich naar beneden glijden als een of ander lenig dier.

"Je moet eten," zei hij, "want ik heb een gong gehoord in jouw huis."

"Ga je mee eten in mijn huis?" vroeg ik, en ik dacht dat hij het niet zou doen, maar hij zei: "Eigenlijk wel," en wij gingen naar mijn huis om te eten. Aan tafel zei hij niets, terwijl ik ook niet goed wist wat ik tegen hem moest zeggen, en midden onder het eten stond hij ineens op en zei: "Nu moet ik bij mij gaan eten, dág." En hij liep de kamer uit en trok de deur achter zich dicht. De volgende dag zat ik in mijn prieel, dat aan de kant van zijn tuin stond, maar ik zag hem niet, en ook de volgende dagen niet, zodat ik dacht dat hij misschien terug was, naar Indië. Maar na een week was hij er plotseling weer. Ik zat in mijn tuinhuisje, toen ik hem hoorde roepen: "Hoeoeoi," riep hij en hij liet zijn stem overslaan, zoals kinderen dat doen als ze elkaar roepen. "Hoeoi. Heee, waar ben je?"

Zijn verschijning was verrassend, want hij droeg glimmend gepoetste hoge schoenen, lange zwarte kousen, en een nieuw, stijf matrozenpak.

"Waarom ben je zo mooi?" vroeg ik.

Hij haalde zijn schouders op. "Ik wilde jarig zijn, vandaag."

"Ben je dan jarig?"

"Nee, natuurlijk niet sufferd, ik zeg toch: ik wilde jarig zijn. Je moet ook komen vanmiddag, en je moet allemaal mensen meebrengen. Mijn vader is niet thuis en jij moet komen met al die mensen, want op een verjaardag zijn er toch altijd heel veel mensen, en die brengen dan dingen mee."

"Wie moet ik dan meebrengen?" vroeg ik hem.

"Je vrienden toch. Je hebt toch vrienden, en die komen dan en die zijn net zo oud als jij."

"Maar ik heb geen vrienden" – ik werd wanhopig.

"Leugenaar," zei hij, en stampte driftig op de grond.

Hij was nu heel mooi, omdat zijn ogen groot en wijd opentrokken. "Je liegt het, je hebt best vrienden.'"

Mijn oom Alexander zuchtte. 'Het was erg moeilijk,' zei hij, 'maar ik heb toen gezegd dat ik misschien wel een paar vrienden had, maar dat die op een gewone doordeweekse dag toch niet zouden kunnen komen. Je had hem moeten zien. Hij werd steeds mooier van kwaadheid en schreeuwde: "Dan krijg ik alleen van jou maar wat."

"Nee, natuurlijk niet," zei ik toen vlug, "mijn vrienden geven mij toch iets mee als ze zelf niet kunnen komen." Hij hield zijn hoofd scheef en kneep zijn lippen bij elkaar.

"Eerlijk?" vroeg hij. "Wat geven ze dan mee? Ik wil graag boeken hebben waar voorin staat dat ze voor mij zijn."

"Wat voor boeken?" vroeg ik. Maar hij haalde zijn schouders op: "Wat geeft dat nou. Nee," en hij bedacht zich even... "het liefst grote, of eh, Duitse."

"Kun je dat dan lezen?" vroeg ik.

"Ach, stik," zei hij en ging naar zijn huis. Onderweg draaide hij zich nog een keer om en riep: "Om half vier!"

"Tot half vier!" riep ik terug.

's Middags had hij zijn matrozenpak weer uitgetrokken. "Het doet pijn in mijn hals en het prikkelt overal. En jij komt toch maar alleen – wat zit er in die koffer?"

"De cadeaus van mijn vrienden."

"Is het veel?" vroeg hij. "Het is een grote koffer, maar die is natuurlijk niet vol." Ik liet het slot openklikken. De koffer was vol met boeken – de boeken die je boven gezien hebt.

Hij ging er met zijn hand over.

"Allemaal," fluisterde hij, "allemaal," en hij wiebelde heen en weer op zijn benen en zei toen weer tegen mij: "Allemaal?"

Hij begon ze eruit te halen, en zette ze op een rij. "Wie hebben dat allemaal gegeven?" vroeg hij, en ik verzon de vrienden, die ik niet had, en dat ze het erg jammer hadden gevonden dat ze zelf niet konden komen. Ondertussen telde hij ze. "Jezus," zei hij, "het zijn er veel. Maar dit zijn zeven dezelfde, deze Duitse."

"Het zijn Franse," zei ik, "en ze zijn niet helemaal hetzelfde, het zijn verschillende delen van één boek."

"Echt?" vroeg hij.'

Mijn oom Alexander keek mij aan, alsof hij verwachtte dat ik wel iets zou zeggen. Maar ik deed dat niet, omdat ik bang was dat hij dan niets meer van de grammofoon zou vertellen. Zo bleef het stil – tot hij zei: 'Het is uit.'

'En de grammofoon?' vroeg ik.

'Nee,' zei mijn oom Alexander.

Pas veel later ging hij verder. 'Die middag vierden wij het feest van zijn verjaardag. Ik zat in een stoel bij het raam, want ik mocht hem niet helpen. Hij was de bladzijden van zijn boeken bij elkaar aan het optellen, en hij dacht dat ik misschien een fout zou maken, en dan wist hij het niet precies. En zo zag ik hem zitten – ik denk dat hij mij vergeten was, want hij beet met zijn boventanden op zijn lip, en af en toe bromde hij zacht en schopte met zijn voeten tegen de tafel.

Een maand later was het huis te koop, omdat zij weer naar Indië teruggingen, zijn vader en hij. Ik heb het gekocht, en toen hij weg was, heb ik de boeken gevonden, met de andere dingen op de kamer.'

'En de grammofoon?' vroeg ik.

'Nee,' zei mijn oom Alexander.

'En hij?'

'Dat weet ik niet,' zei mijn oom Alexander, en hij stond op en ging naar binnen. Hij deed de deuren van het terras achter zich dicht.

Ik bleef twee jaar bij mijn oom Alexander, en ik leerde veel van hem, omdat hij zo oud was. En toen, na twee jaar, op een avond in mei, heb ik gevraagd of ik weg mocht gaan, naar Frankrijk.

De avond voor ik weg zou gaan, zag ik ineens dat het klavecimbel verdwenen was.

'Waar is het klavecimbel?' vroeg ik.

Mijn oom Antonin Alexander stond op de plaats waar het instrument gestaan had.

'Soms ben ik erg moe als ik gespeeld heb,' zei hij, 'heel erg moe en ik ben nu oud geworden. Jij blijft lang weg en misschien wil ik er nog zijn als je terugkomt. Welterusten.'

De volgende morgen vond ik weer rododendrons naast mijn bed en het waren paarse en er lag ook een biljet van honderd gulden, ja, en toen ik de benedenkamer doorliep om de eerste trein naar Breda te halen, zag ik hoe mijn oom Alexander sliep op de sofa met zijn mond half open en zijn knieën opgetrokken – en ik zag dat zijn hand gebaarde over de grond.

Buiten was het oud en mistig over de dingen, en het huis stond hoog en lelijk tussen alles in.

En ik ben niet langs de huizen gelopen die ze over Afrika gebouwd hebben.

2

Ach ja, liften! Het was niet zo eenvoudig om in de Provence te komen. Daar was bijvoorbeeld die man in zijn oude Skoda, voor Antwerpen.

'Hoeveel koeien zijn dat?' vroeg hij, 'daar in die wei?'

'Ik weet het niet,' antwoordde ik, 'zo vlug kan ik niet tellen.'

'Zesendertig,' riep hij triomfantelijk, 'steek mijn sigaret eens aan.'

Ik stak de sigaret tussen zijn grijze lippen en gaf hem vuur. Hij inhaleerde diep en blies de vette rook tegen de voorruit en in mijn gezicht en zei: 'Rookgordijn. Haha. Maar die koeien, dat is heel simpel,' hij klikte met zijn vingers, maar dat ging niet zo goed, omdat ze erg dik waren. 'Zó eenvoudig, je telt de poten en deelt ze door vier' – en hij keek naar mij of ik lachte, zodat ik lachte.

'Haha,' gierde hij, 'kende je niet hè? Goeie mop, zes baarden. Je hebt mooie lange haren, jij – hé, je speelt zeker wel eens met jongetjes,' en hij begon in mijn been te knijpen, zachtjes.

'Ik wil uitstappen,' zei ik.

Hij remde zo hard dat ik met mijn voorhoofd tegen de ruit aan sloeg.

'Eruit,' zei hij, 'rot op. En vlug.'

Ik graaide mijn rugzak van de achterbank en toen hij ergens bleef haken sloeg de man hem eruit, tegen mij aan. Daarna begon ik te hollen, tot ik merkte dat hij zijn deur dichtsloeg. Maar hij schreeuwde nog door het ruitje: 'Miet, miet,' en toen pas reed hij weg. Ik geloof dat ik erg beefde. Maar ik moest verder en begon weer te liften. En nu moet niemand me vragen hoeveel dagen het was na de dag waarop dit gebeurde dat ik met het meisje Jacqueline, van wie ik verder de naam niet weet, danste op de Place du Forum, in Arles. Ze heette Jacqueline, want de meisjes en de jongens die rondom ons dansten, riepen: 'Bonsoir Jacqueline', en zij riep 'Bonsoir Ninette, bonsoir Nicole' en dan lachte ze tegen mij en wij dansten verder – en haar haar bewoog in de dans, roodachtig en los. Wij dansten onafgebroken met elkaar en later op de avond kwam zij dichter bij mij en hield haar handen op mijn rug, of in mijn hals.

'Vous partirez demain, Philippe?' zei ze.

'Oui.'

'Alors vous ferez un grand voyage?'

'Je ne sais pas.'

De meeste mensen waren nu weg, en met nog enkele andere paren dansten wij bij het grote beeld van Mistral op de muziek van een trekharmonica, en de muziek was verdrietig – want Arles, in andere nachten zwijgzaam en teruggetrokken in veel herinneringen, sloot met de melodie een benauwend verbond, en samen drongen zij nu steeds dichter met hun heimwee en hun weemoed om ons, kleine groep dansenden onder de lantarens.

'Je moet me niet kussen als je me thuisbrengt,' vroeg ze, 'zul je het niet doen?'

'Nee,' zei ik, 'ik zal je niet kussen.'

'En je moet ook niet naar de naam van de straat kijken,'

fluisterde ze, 'en niet naar het nummer. Je moet me niet vergeten, maar je mag me niet schrijven, wij zijn maar voorbijgangers in een drukke straat, en je moet nooit terug komen, want je brengt geen geluk.'

'Waarom niet?' vroeg ik.

'Ik denk het,' antwoordde ze, 'je bent geboren als een oud kind,' en ze bewoog met haar vingers over mijn mond, 'je zult niets meemaken, alleen maar herinneren, je zult niemand ontmoeten, tenzij om afscheid te nemen, en je zult geen dag leven zonder op de avond te rekenen, of op de nacht.'

Wij verbraken de cirkel van de mensen en de muziek en liepen door straten waar ik nog niet geweest was; en omdat ze dat gevraagd had, keek ik niet naar de naam van de straat waarin zij stilstond.

Ze trok mij naar zich toe en zei: 'Je moet nu weggaan, ik draai me niet om, want ik kijk hoe je de straat uit loopt,' en ze legde haar handen op mijn gezicht, alsof ze hoopte dat ze het daardoor niet meer zou vergeten omdat het als een vorm in haar handen zou staan, en daarna duwde ze me zachtjes weg – totdat ik op volle armslengte van haar stond.

'Draai je om,' zei ze, 'je moet nu weggaan,' en plotseling verloren werd haar gezicht onder het gele licht van de lantaren voor het huis – 'draai je om,' zei ze, 'draai je om,' en toen ik me omdraaide, zag ik nog dat haar haar zacht op en neer ging met de wind, maar langzaam begon ik mijn vreemde smalle schaduw achterna te lopen, langs de huizen, de straten uit, naar de Promenade des Lices, en vandaar ging ik naar de Avenue des Alyscamps, die langzaam afloopt naar het oude Romeinse kerkhof. Cipressen staan daar, trots en geheimzinnig en de maan scheen gevaarlijk en blauwig over de tomben. Ik stond tegen een graf geleund en voelde de kou van de steen in mijn lichaam trekken, en plotseling hoorde ik een verwarrende oude stem die achter mij zei:

> 'Dans Arles, où sont les Alyscamps,
> quand l'ombre est rouge, sous les roses
> et clair le temps
>
> prends garde à la douceur des choses
> lorsque tu sens battre sans cause
> ton coeur trop lourd
>
> et que se taisent les colombes
> parle tout bas, si c'est d'amour
> au bord des tombes.'

Het was de stem van een man, en hij had de bekorende tongval van de Provence, de zware r en de donkere klemtonen van meer zuidelijke landen. Ik draaide mij niet om, maar hij pakte mij bij mijn arm en trok mij zacht weg.

> 'As-tu peur des pieux mystères
> passe plus loin du cimétière,'

fluisterde hij, 'kom, je moet met mij meegaan, ik moet je een verhaal vertellen.' Hij was oud, maar misschien leek dat alleen maar zo, omdat hij zo dik was. Zijn ontwijkende kleine ogen lagen diep onder het ruwe grijze haar van zijn wenkbrauwen, die door een vetlaag onder op zijn voorhoofd naar beneden werden gedrukt. Het hele gezicht was vormeloos en verzakt, en de hand die mijn arm nog vasthield was zacht als een spons, en wit en onbehaard als vrouwenarmen kwamen zijn armen uit een soort vuilgeworden zwarte pij.

'Ik weet het,' zei hij, 'ik ben dik. Ze zeggen dat ik de dikste man ben uit de Provence, maar ik moet je een verhaal vertellen.

Vanavond heb ik je gezien op de Place du Forum, en gisteren in de kerk van Saint Trophyme. Ik heb je in het oog gehouden, en ik heb je gevolgd.' Ik liep met hem mee, en omdat ik niet wist wat ik zeggen moest, heb ik maar niets gezegd en wij zijn teruggelopen onder de populieren en de cipressen, ja, en hij hijgde, want hij kon niet zo goed lopen, zodat ik hem een arm gaf zolang wij naar boven liepen.

Voor het hotelletje waar ik woonde, hield hij stil.

'Haal je bagage,' zei hij, 'dan gaan we weg.'

'Waarheen?' vroeg ik, maar hij keek me verbaasd aan en zei: 'Naar het verhaal natuurlijk,' en daarom ben ik met hem meegegaan.

Hij had een oude auto en die nacht reden wij door een dood en onheilspellend land. Koninklijk groeide de maan aan de uitgedoofde roodachtige grond. Nevels en mist liepen door de valleien, omringden ons als een gevaar, dat wij telkens weer ontstegen tussen hard en scherp struikgewas dat als een kudde sinds lang gestorven dieren de hellingen beklom naar de grillige, in het nachtlicht bloeiende rotsen.

Soms vielen wij in een vleug lauwe warmte die, door de troosteloze hitte van overdag ergens samengeperst, langzaam uitwaaiert in de nacht, een enkele keer de kruidige geur meedragend van tijm of lavendel.

Wij spraken niet en reden door de Provence, waar alle steden en dorpen die wij doorkwamen, nu waren als het door de mensen verlaten bergstadje Les Baux; gestorven steden waar door een spookachtig toeval de straatlantarens nog brandden, en soms een klok zich vergiste door te slaan.

Ik ben in slaap gevallen, en ik werd pas wakker toen de auto stilstond. Wij keken naar beneden.

'Dat is de vallei,' zei hij, 'en daar ligt het dorp.'

'Ja,' zei ik.

Nu was er het eerste licht van de zon. De huizen lagen ver en onbelangrijk beneden ons rond de kerk, als bijeengedreven dieren – maar tussen de steenachtige, onvruchtbare hellingen, die de zon straks vernietigend en zonder barmhartigheid zou slaan, was het dorp een vervoerende adem aan het nu al bijna opgedroogde stroompje, midden in de vallei.

'Je moet hier uitstappen,' zei hij, 'en ik heet Maventer; Ma staat voor magnus, groot, venter betekent buik – zo heet ik niet, maar iedereen noemt me zo.'

'Bent u een monnik?' vroeg ik, maar hij zei: 'Nee, ik ben geen monnik,' en daarna zette de man Maventer mijn rugzak op de grond en draaide de auto om.

'En het verhaal?' vroeg ik.

'Je moet naar het dorp gaan,' zei hij, 'er is maar één hotel, Chez Sylvestre. Ik kom daar deze week, maar je moet niet over mij praten.'

'Nee,' zei ik, 'ik zal niet over u praten,' en ik nam mijn rugzak op en begon de helling af te lopen. Hij startte de auto en riep: 'Over drie dagen, denk ik, of twee,' maar ik liep door – en het rozige stof van de weg, dat onder mijn voeten opwarrelde als een miniatuur sirocco, drong zich in mijn schoenen en in mijn kousen. Meer naar beneden bloeide rood en violet de steentijm, het struikgewas werd groener en ten slotte was het dorp bijna vriendelijk met witte en roze, zo voor het oog zonder enig plan gebouwde huizen, en tuinen vol schaduw van pijnbomen en cipressen.

Het was niet moeilijk het hotel Chez Sylvestre te vinden – de patronne was bezig de blinden te sluiten, zodat het zonlicht niet zo hard zou kunnen binnendringen. Ik volgde haar naar binnen, nadat ik haar had aangesproken.

'Un Hollandais,' zei ze tegen de patron, en de twee mannen die aan de bar stonden, draaiden zich om.

Het moet een klein dorp zijn, dacht ik, waar bijna geen vreemdelingen komen, en ineens drong het tot me door dat ik niet wist hoe het dorp heette.

De mannen spraken tegen elkaar in het Provençaals, zodat ik hen niet kon verstaan – de vloer en ook de trap waren betegeld met zeshoekige rode plavuizen, en aan de glinsterende gewitte muren hingen dezelfde reclames van overal, Cognac Hennessy, Noilly Prat, en Saint Raphael, Quinquina.

De patron, Sylvestre, bracht me naar mijn kamer aan de voorkant, zodat ik over het plein met de oude fontein en de stenen banken in de schaduw van veel bomen kon uitkijken, maar hij sloot onmiddellijk de luiken.

'Le soleil est terrible, par ici,' zei hij, en ik antwoordde: 'Comme toujours.'

'En été, oui,' knikte hij. 'Ik zal u nog uw water brengen,' en even later kwam hij terug met een groot glas pastis, zoals ze die alleen hier drinken, en een emmer water, die hij onder de houten wastafel zette, nadat hij een beetje in de lampetkan gegoten had.

'Is alles goed?' vroeg hij.

'Très bien,' zei ik, 'merci,' en hij lachte en ging de kamer uit. Ik ging op het reusachtige ledikant liggen, en lachte, omdat het kraakte als ik mij omdraaide, en omdat de lakens van ruw katoen waren, en roken als kinderen die in de rivier gezwommen hebben.

Toen ik wakker werd, was het laat in de middag – iemand had brood en wat wijn naast mij neergezet, overdekt met een servet, en toen ik naar buiten keek, begreep ik pas goed waarom de huizen hier soms gebouwd zijn als vestingen. De hitte wordt hier tegen de avond ondraaglijk en groots van onbarmhartigheid, zodat de mensen en de dieren de halfdonkere en donkere plaatsen van de huizen opzoeken en daar wachten tot de avond valt.

Het dorp was dan ook dood, toen ik buiten kwam – langzaam liep ik over het plein om wat lauwig water te drinken uit de fonteinen, en omdat ik de levenden niet zag, heb ik de doden opgezocht, waarvan de graven door elkaar stonden rond een groot, ruw houten kruis, zoals de huizen van de levenden rond de kerk. De doden waren rustig ingesloten door een haag van meidoorns en haagbeuken.

Later, toen ik de levenden zou leren kennen, wist ik dat de doden niet zoveel van hen verschillen: ook zij hoorden bij elkaar in een sombere zwijgzaamheid; de bitterheid van de rode grond, moeilijk te bewerken en vol pijnlijke stenen, was in hun lichamen getrokken mét die fluisterende melancholie die hier 's avonds rondgaat en alles aanraakt, als de hitte met tegenzin uit het dorp is weggelopen, en het klikken van de zware ijzeren kogels van het jeu des boules bijna het enige geluid is met dat van de glazen van Sylvestre, de dieren en de avondwind in de cipressen – of het aarzelend zingen van kinderen.

'Alix ma bonne amie
Il est temps de quitter
le monde et ses intrigues
avec ses vanités'

zongen ze, ik weet dat nog wel, want 's avonds zat ik aan mijn raam bij Sylvestre en keek naar de mannen en de kinderen. Ze zagen mij niet en kenden mij niet, maar ik leerde hun namen, en na twee dagen wist ik wie het beste was in het jeu des boules, en wie het meeste dronk. De kinderen speelden wat bij de fontein, maar ze speelden vreemd en bijna geluidloos, zoals kinderen tegen wie gezegd is dat ze stil moeten zijn omdat er iemand ziek is. Zo speelden de mannen en de kinderen, terwijl er als het donkerder werd, vrouwen kwamen met emmers en kruiken om water te halen. Ik kon dat allemaal goed zien vanuit mijn raam, tussen de zwaar neerbuigende blauwe regen, die over de gevel ademde als een groot, levend dier, geheimzinnig bewogen door de handen van een kleine wind. Tegenover mij was altijd de kerk, en ik wist dat hij van binnen vervallen was, en dat er een stoffige doek op het altaar lag van rood fluweel, waarop in gouden geborduurde letters stond: Magister adest et vocat te, de Meester is daar en roept u. Kerk en kerkhof waren doordrongen van het leven van dit dorp, waar de namen altijd dezelfde bleven, die van de levenden in het café of aan de bron, die van de doden op de grote vergeelde portretten van hun graf. Ja, het was me alsof een oud en somber bijgeloof bij deze mensen in zwang was, en heerste over hun graven, toen ik deze emaille of kartonnen portretten ontmoette, met strengen dof haar, kunstbloemen in fletse kleuren, of gedroogde draad, en gesloten achter vuilgeworden glas vol stof en spinrag, gevat in ronde lijsten van dun geplet ijzer met veel krullen. Want al spoedig herkende ik achter de verstarring van deze portretten de gezichten der levenden, die ik had zien spreken en drinken vanuit mijn raam, en in de middaguren, als de zon zijn heerschappij bevestigde over de gestorven huizen, verkeerde ik met de dode Peyeroux, de dode Rapets, de dode Ventours. Bloemen die ik 's morgens vroeg geplukt had, en op mijn kamer bewaard in het water, legde ik op de graven van de kinderen, maar ik weet niet waarom, misschien omdat ik het graag deed.

De middag vóór de man Maventer kwam, wachtte de curé mij op – hij zat op het familiegraf van de Peyeroux. 'Ze zullen me dat wel vergeven,' zei hij, 'het waren goede vrienden, en tenslotte lig ik binnenkort ook hier ginds in de hoek, dat lijkt me wel een prettige plaats, wat dunkt u? De zon kan daar moeilijker komen en als er, wie weet, een vreemdeling komt om bloemen te brengen, dan blijven ze misschien wat langer goed.'

Binnen in de pastorie schonk hij twee hoge glazen vol wijn, zoals Sylvestre, tot aan de rand.

'U zult onze Mistral wel niet gelezen hebben,' zei hij, 'maar deze wijn heeft hij bezongen in zijn "Mireille".

Alor, en terro de Prouvenço
l' a mai que mai divertissenço
Lou bon Muscat de Baume e lou Frigolet
Alor...

Muscat de Baume!' en hij lachte en tikte met zijn glas tegen het mijne. 'Ik heb gezien hoe u kennis gemaakt hebt met de doden,' zei hij, 'en dat is de beste manier. Soms zijn de doden toeschietelijker dan de levenden, en wat dat aangaat, de levenden zijn hier niet erg toeschietelijk.'

'Dat weet ik wel,' zei ik, 'maar ik houd van ze.'

'Misschien,' aarzelde hij, 'misschien, maar het leven is hier pijnlijk en hard, en hatelijk soms als de grond die pas na veel liefkozingen wat tomaten en meloenen en wat schraal koren wil geven. Het kan bitter zijn als het gras, waarvan de schapen en geiten moeten leven op de vlakte, vóór ze in het seizoen naar de bergen gaan. Het leven hier is een leven van noodzaak. Er is God, en een paar andere mensen, en de grond, en die zijn allen even hard.

Ik weet het,' zei hij, 'en ik kan het wel weten. Daarginds,' en hij opende de blinden van het raam dat over de straat uitkeek en wees op de hellingen, die achter de huizen nu zo fel schitterden dat ik mijn hand voor mijn ogen moest houden, 'daar zijn mijn tomaten, en mijn meloenen, en soms, als ze niet mislukken, mijn bloemen voor de kerk, anjers. En dat is nog niet alles, het is niet alleen dit, er is de winter die hier harder is dan in het Noorden, en die kan slaan, zoals de zon, en mon vieux, dan is er ook nog de mistral.

Ken je de mistral?' vroeg hij, maar ik had er nooit van gehoord, of misschien ook wel, maar in ieder geval herinnerde ik me het niet, en hij vertelde van die wind, die de valleien en de mensen geselt met zijn kou terwijl de zon onaandoenlijk blijft schijnen, een wind die de mensen te vinden weet, waar ze zich ook hebben verborgen, achter elke beschutting en achter gesloten deuren komt hij.

'En soms gebeuren hier dan vreemde dingen,' zei hij, 'want hij vermoeit vooral de geest van de mensen tot brekens toe. Een kleine twist slaat in als een bliksem, en springt en raast als vlammen in hooi – wij kennen het allen, de levenden hier, en de doden daar,' en hij maakte een beweging met zijn hoofd naar het kerkhof achter de meidoorns.

'Het was op een dag dat de mistral al een week door het dorp ging, wreed als een man die wraak zoekt, dat Claudius Peyeroux zijn vrouw doodsloeg, en zichzelf ophing – en de mistral was er, toen de man Maventer voor het eerst hier een voet zette. Later is hij op het kasteel gekomen, maar het was weer een dag dat de mistral waaide, dat de markiezin Marcelle is weggegaan.'

'Wie is Maventer?' vroeg ik.

'Hij heet eigenlijk geen Maventer. De een of andere verlate rederijker heeft dat een keer uitgevonden. Ma staat voor magnus, en venter is het Latijn voor buik. De man is erg dik. Hoe hij echt heet, weet ik niet. Vroeger was hij een koormonnik bij de benedictijnen. Bent u katholiek?' vroeg hij.

'Nee,' zei ik, 'maar ik weet dat wel, van de benedictijnen.'

'Goed,' antwoordde hij, 'maar deze Maventer was een van de laatste koormonniken die geen priester was. Er zijn broeders die op het land werken, het huis en de kleding onderhouden, en er zijn priestermonniken, die het koorgebed zingen, en verder in het klooster een functie hebben, als econoom, magister van de novicen, of iets anders. Nu kon men vroeger ook wel in het koor staan zonder priester te zijn, men was dan koormonnik, maar nu komt dat vrijwel niet meer voor. In ieder geval, Maventer is weggegaan, en dat is voor mij geen reden om hem te veroordelen, want hij was er te jong in gegaan, en naar men wel zegt onder een zekere pressie van zijn familie. Het is moeilijk om iets over iemand te vertellen van wie men veel en toch zeer weinig weet, want tenslotte,' en hij keek mij aan, terwijl hij de bonnet verzette op het dunne witte haar, 'tenslotte weten wij zo weinig van elkaar.

Vroeger was hij een zwerver, op alle feesten was hij een geziene gast, en hij had een roep tot ver in de omtrek. Hij, en zijn harmonica. Hij was bij de kersenpluk in Cavaillon en Carpentras en bij de druivenpluk in de valleien van de Durance, en altijd in dezelfde versleten pij, die hij god weet waarom nog steeds draagt; maar dat alles was tot voor drie jaar, nadien is hij hier op Experi komen wonen, hier niet zover vandaan, en hij is niet meer gezien op bruiloften, of in de huizen van de notabelen en de geestelijkheid, waar hij graag ontvangen werd, want hij weet veel – hij weet meer van Thomas dan ik ooit geweten heb en op alle wedstrijden in Arles en zelfs in Avignon sloeg hij iedereen met zijn kennis van de klassieke dichters, en van de oude Provençaalse troubadours. Men zegt dat hij alle oden en epoden van Horatius uit het hoofd kent, en misschien is het wel waar.

Maar ik heb hem dikwijls gezien, 's nachts, hem en de kleine markiezin – ja, die pasten goed bij elkaar, want het was een eigenaardig kind. Soms kwamen zij 's nachts hier door de straat. Zij was heel tenger en klein, en droeg een nauwe broek, zoals men wel zegt dat de vrouwen in Parijs dragen, en kleine lage schoentjes. Ze liep dan vlug, en eigenlijk zonder geluid, hier over het plein. Ik stond achter mijn raam in het donker, want sinds ik oud geworden ben, slaap ik nog maar heel licht.

Ze kwamen uit de richting van Experi, zo heet het kasteel; hij een meter of tien achter haar, zwaar en een beetje onheilspellend, somber door zijn geweldige schaduw, en omdat hij vlug liep hijgde hij – maar zij lette nooit op hem en liep met haar hoofd naar beneden en praatte in zichzelf. Ook kwam zij wel alleen, zij liep dan langzamer en dronk aan de fontein, en dan lagen er 's morgens wel bloemen op het kerkhof. Een keer heb ik met haar gesproken. Ze was alleen, die nacht, en dronk aan de fontein.

"Mademoiselle," zei ik, "wilt u iets van mijn wijn drinken?" En ik haalde de wijn die ik altijd klaar had staan, 's nachts, en wij gingen zitten op de stoep voor de pastorie. Maar zij zei niets, en toen ik haar vroeg of ze niet bang was, alleen 's nachts, zei ze: "Natuurlijk niet."

En daarna keek ze me aan met dat oosterse gezicht dat ik nooit helemaal heb kunnen begrijpen, zoals de gezichten van de mensen hier, die gevormd en gegroeid zijn zoals het mijne, omdat haar gezicht teruggetrokken was, misschien raadselachtig – en ze fluisterde: "Ik maak een verhaal."

"Ja," zei ik, "je maakt een verhaal." En: "Ik wil me er niet mee bemoeien, want het is jouw verhaal," zei ik, "maar maak een mooi verhaal."

Ze knikte alleen maar.'

Hij zweeg. 'Had ze een oosters gezicht?' vroeg ik.

'Haar moeder was uit Laos, maar die is gestorven. De vader was officier in het vreemdelingenlegioen, en hij was bijna nooit hier. Hij sneuvelde in Indo-China. Dan is er nog een tante, die wij hier nooit zien, en het personeel, plus natuurlijk Maventer. De mensen praten wel veel, maar niemand weet er eigenlijk iets van, want ze praten er al over zolang ik hier ben, en nog nooit is iemand van ons daar binnen geweest.'

Die avond in mijn kamer verwachtte ik de man Maventer, want de meubelen verborgen zich niet achter de naderende nacht, zoals andere avonden, maar bleven groot en verontrustend zichzelf rond mij staan, om te zeggen dat dit de laatste keer was dat zij een deel van mij zouden zijn. En ook de geuren die in die kamer huisden van oudgeworden hout, van lakens gewassen in de stroom met harde, landelijke zeep, waren sterker en zelfstandiger dan tevoren, zéker van de overwinning op de vreemde, nu bijna verdwenen geur van mijn lichaam en mijn kleren.

En zoals een man die altijd slaapt bij het geluid van een klok, wakker wordt wanneer het uurwerk niet meer tikt, zo liep ik langzaam naar mijn raam om de man Maventer te zien aankomen, toen het klikken van de ijzeren ballen van het jeu des boules plotseling ophield. 'Hollander,' riep hij van buiten, 'Hollander, je moet komen, ik moet je een verhaal vertellen.'

Wij liepen lang over een weg langs de helling, en later over een pad, steiler omhoog. Hier en daar begon de nacht zich plotseling te vertonen in de struiken of tussen de grote stenen – en hij liep met ons mee tot wij zo hoog waren dat wij de purperen ketting van de Alpes de Provence, de bergmassieven van Lubéron en Ventoux wijd om ons droegen; en vóór de nacht alles had aangeraakt en verborgen, wees Maventer mij de stenen van de ketting, de bergen van Vaucluse, le montagne de Lure, le montagne de Chabre.

Het kasteel, of wat het was, stond geweldig en levend in de berg. Hij bracht me naar een veld met dezelfde scherpe grond van overal. Er lagen daar zwarte stenen, je zou zeggen dat ze hier niet thuis waren, maar veel eerder op de maan, of ergens anders waar geen leven is, en dat iemand, wie?, ze van daar had meegebracht en hier volgens een tevoren bepaalde opstelling had neergelegd, met een grote zwarte rots als een uit een kachel van reuzen gevallen, uitgebrande kool als middelpunt. Wij gingen erop zitten.

'Dit is het dierenkerkhof,' zei de man Maventer, 'hier is het begonnen.

Ik zat hier en zij kwam naar me toe. "Jij bent Maventer," zei ze.

"Ja," antwoordde ik.

"Kun je Engels lezen?"

"Ja."

"En schrijven?" vroeg ze, en toen ik zei dat ik ook Engels kon schrijven, ging ze voor me zitten, op de grond daar waar jij nu staat.

"Je wordt vuil," zei ik, en: "Je kunt beter op een steen gaan zitten," maar zij luisterde niet, of hoorde het niet eens, en trok met de hiel van een uitgestrekt been een cirkel om zich heen.

"Ik ben in de cirkel," zei ze, "jij bent niet in de cirkel. Je moet je voeten in de cirkel zetten, want ik moet je iets vragen!"

Ik verschoof, zodat mijn voeten ook in de cirkel stonden, en zij strooide er fijn zand over.

"Niet doen," zei ik, "je maakt alles vuil."

"Je moet een brief schrijven, in het Engels."

"Aan wie?" vroeg ik.

"Aan deze," en ze trok haar jasje, dat ze naast zich op de grond had gelegd, naar zich toe, en haalde er een *Saturday Evening Post* uit, "aan deze," en ze wees op de foto van een danseres van een Engels ballet, waarvan ik de naam niet heb onthouden.

"Je moet haar schrijven, en vragen of ze hier komt wonen."

"Nee," zei ik.

Ze trok haar mond scheef, en blies boos het haar van haar voorhoofd.

"Waarom niet?" vroeg ze.

"Omdat ze toch niet komt."

De man Maventer keek mij aan en zei: 'Als ik haar gekend had, zoals ik haar nu ken, zou ik een dergelijke vergissing nooit gemaakt hebben, maar in ieder geval, toen kende ik haar nog niet, en daarom zei ik "omdat ze toch niet komt". En zij lachte alleen maar, en niet eens tegen mij, nee, ze lachte tegen zichzelf en een paar onzichtbare mensen of dingen die altijd bij haar waren, en zei, dat ik dom was, "want," zei ze, "natuurlijk komt ze niet, maar hoe kan ik nu spelen dat ze wel komt, als jij niet eerst een brief schrijft in het Engels, om haar uit te nodigen."

Begrijp je dat?' vroeg hij mij, en ik begreep het heel goed, en daarom zei ik: 'Ik geloof het wel.'

'Zo was het altijd, zij speelde. Zij was zo ongewoon,' ging de stem naast mij verder, en verder, maar ik zag haar, en ineens wist ik zeker dat dit dan de echte wereld niet meer was, want de dingen waren levend, en bezeten van zichzelf, in een tweede, een andere werkelijkheid die plotseling kenbaar, zichtbaar werd, die mij aanraakte en mij losmaakte tot ik dreef op de stem van de man Maventer, die rondliep tussen de stenen van het dierenkerkhof, en zij zat daar en tekende in het stof, en hoorde – misschien, ik weet het niet – zichzelf met zijn stem zeggen, in het verhaal dat hij bleef vertellen: ' "Maventer, wanneer ga je weer naar de stad?"

"Waarom?'"

(Hij zei: 'Luister je?' 'Ja ik luister,' zei ik.)

'Wij gingen één keer in het kwartaal naar de bank en zij lette altijd alleen maar op de telmachines.

"Ik wil me optellen," zei ze, en de volgende keer dat wij naar de bank gingen in de stad, vroeg ze aan het loket of ze een keer mocht tellen op een van die machines, en toen het mocht, haalde ze een klein papiertje uit haar handschoen en las daarop de getallen, die ze op de machine aansloeg. Ze drukte op de optelknop, en haalde de hendel over.

"Ik heb me opgeteld," zei ze, toen we buitenkwamen, en ze liet me het papiertje zien.

Alle getallen herinner ik me niet meer, alleen weet ik nog dat er 152 bij was.

"Wat is dat?" vroeg ik.

"Zo lang ben ik toch."

"Ja," zei ik, "zo lang ben je, en wat ga je nu doen?"

"Dat zeg ik niet, maar je moet me een hand geven, want ik ga weg."

"Waarheen?" maar ze haalde haar schouders op – ze wist het niet.

Een paar dagen zag ik haar niet, dat was niet zo bijzonder, want het gebeurde wel meer dat ze in haar eigen gedeelte van het kasteel bleef en zich nergens vertoonde. Het duurde wel lang, die keer, voor ik haar terugzag – ze kwam me opzoeken in de bibliotheek.

"Maventer," zei ze, "ik ben terug."

Ze kwam bij me staan. "Ik ben weg geweest."

Ik was er toen al lang genoeg, zodat ik wist dat ik niet moest zeggen dat ze helemaal niet was weg geweest, maar op haar kamers was gebleven, en zij ging door: "Weet je nog dat papiertje?"

"Ja," antwoordde ik, "ja, waarop je jezelf had opgeteld."

Ze knikte. "Die avond," fluisterde ze, en ze kwam dicht bij mij staan, alsof we samenzweerders waren, "die avond heb ik het papiertje buiten gelegd, omdat het waaide. Daarna ben ik naar mijn kamer gegaan, om te zien of er gebeurde wat ik wilde. En het gebeurde, ik waaide weg.

Er was een kleine wind, die nacht. Boven zaten de geuren van de kamperfoelie op mijn vensterbank, en die waren nog bij me, toen ik in dat land aankwam."

"Welk land?"

"O, het was een vreemd land, waar de wind het papiertje bracht waarop ik mezelf had opgeteld. Toen ik dat land binnenkwam, waren de mensen er om mij een hand te geven. Overal kamperfoelie, en alles, alles rook ernaar. Maar eigenlijk waren de mensen verdrietig. En ik vroeg aan de man die mij alles liet zien: 'Waarom zijn de mensen hier zo verdrietig?'

'Ja,' zei hij, 'ze zijn erg verdrietig. Ik zal het je laten zien,' en 's nachts, toen de mensen sliepen, zijn wij door de straten van de stad gelopen.

'Hier is een boekwinkel,' zei de man. Maar de etalage van de winkel was leeg – tenminste, er lag maar één dun boekje in, en er was geen kamperfoelie of andere bloemen, en ook geen vlag, zoals bij de andere winkels en huizen.

'Er is maar één boekje,' zei ik, en hij zei: 'Ja, kijk maar binnen,' en wij keken samen, met ons voorhoofd tegen de ruiten. En door het licht van de lantaren, die voor de winkel stond, zag ik hoe de planken waarop boeken zouden moeten staan, leeg waren, alleen dat ene dunne boekje zag ik er weer liggen, achteraan, op een plank.

'Nu gaan wij naar de staatsbibliotheek,' zei hij, en wij liepen weer door de stad tot wij bij de staatsbibliotheek kwamen. De man maakte de deuren open, en wij gingen naar binnen en het was alsof onze stappen niet alleen op de marmeren vloer klonken, maar ook tegen de muren, en het plafond, en overal, en steeds harder.

'Ik geloof dat ik bang ben,' zei ik, maar hij zei dat het niets gaf, want dat hij er toch bij was – en toen liepen wij door de zalen, maar er waren nergens boeken, alleen maar lege planken, lege grote kasten. Alleen het kleine boekje lag er, hier en daar.

O, ik was wel bang, want de muren waren hoog en wit boven de kasten, en we hoorden alleen elkaar, en onze stappen, omdat er geen boeken waren.

'Waarom zijn er geen boeken?' vroeg ik, 'in een bibliotheek zijn toch altijd boeken.'

'Eigenlijk wel,' zei hij, 'maar hij is dood.'

Wie is dood? dacht ik.

'Een jongen was het,' ging hij verder – 'het was een kleine jongen met al een beetje grijs haar, en hij was altijd ziek. Hij was de enige die kon schrijven, want in dit land is het niet zoals in andere landen. Sommige mensen konden hier kinderen voortbrengen, andere mensen bouwden huizen, weer anderen maakten vlaggen, voor als er iemand op bezoek komt, zoals jij – maar niemand kon hier gedichten schrijven, of verhalen, of een boek.

Maar die jongen was altijd erg ziek, en toen hij doodging, had hij alleen nog maar het eerste hoofdstuk af. Dat is het,' en hij wees op het kleine dunne boekje. Ze zweeg even. Even later zei ze: "Ik ben daarna uit dat land weggegaan, omdat het er zo verdrietig was."'

Maventer keek mij weer aan.

'Ben jij wel eens in zo'n land geweest?' vroeg hij.

'Nee,' zei ik, 'maar misschien ga ik er nog wel eens naartoe.'

Het was nu stil en ik wilde dat hij niets meer zou zeggen, en dat ik zou kunnen kijken naar wat zij tekende, in de grond.

'Wat teken je?' vroeg ik.

'Platanen,' zei ze, 'ze staan achter je.' Ik keek om.

'Waar kijk je naar?' vroeg Maventer.

'Naar die bomen,' zei ik, 'wat zijn dat voor bomen?'

'Dat zijn platanen,' antwoordde hij.

'Wat voor letters teken je nu?' vroeg ik haar.

'Een K,' fluisterde ze, zodat ik begreep dat het een geheim moest zijn, 'een K, en een R, een U, een S, een A, en dan nog een A.'

'Dat is geen woord,' zei ik, 'K R U S A A.' 'Ja,' zei ze, 'dat is een gek woord.'

'Wat zeg je?' vroeg Maventer.

'Niets,' zei ik, en hij keek mij zo vreemd aan en zei: 'Ik dacht dat je iets zei.'

'Nee,' zei ik, 'ik zei niets.'

Hij vertelde weer. 'Niet zo lang daarna ging ze weer weg. Wij waren naar Avignon gegaan met de auto, en omdat ik naar allerlei mensen moest, zou zij ondertussen naar de leeszaal gaan. Maar toen ik haar 's avonds kwam halen, en vroeg wat ze had gelezen, gaf ze geen antwoord – het was wel eigenaardig, haar haar was nat, en ze ging achter in de auto zitten, en sprak de hele rit niet, geen woord. Op Experi ging ze meteen naar haar eigen kamers. Pas twee dagen later kwam zij weer beneden.

Ik zat bij de poort, ditmaal, en ik schrok toen ze me van achteren aanraakte, op mijn schouder.

"Maventer," zei ze, "ik ben terug. Deze keer ben ik erg ver weg geweest."

Het is niet waar, dacht ik, en ik zei: "Maar je had nu toch geen papiertje? Waar ben je heen geweest?"

"O, het was anders deze keer. Ik wist niet hoe ik weg zou kunnen gaan, maar aan de binnendeur van de leeszaal hangt een bord waarop staat dat alle mensen die er komen om te lezen of te studeren de presentielijst moeten tekenen, bij binnenkomen én vertrek.

Daarom heb ik mijn naam opgeschreven toen ik binnenkwam, maar niet toen ik wegging. Dus eigenlijk was ik er nog, al werd de zaal gesloten achter de laatste mensen.

Het regende toen ik in dat land kwam – want nu ik er eigenlijk niet meer was, kon ik rustig op reis gaan. Het regende, en het was avond. Ik was bij het station, en nam een tram. Tegenover mij zat een man.

'Waar kijk je naar?' vroeg hij.

'Naar uw handen.' Als vechtende beesten bewogen die handen tegen en over elkaar, voortdurend.

'Je moet er niet op letten,' zei de man, 'het geeft niets, dat is altijd zo voor ik ga spelen. Wil jij een vrijkaartje?'

Wij stapten uit in een drukke brede straat. De man liep voor mij tussen de mensen, maar hij draaide zich nog een keer om, terwijl hij riep: 'Het is laat, ik moet me haasten', en hij liep hard voor mij uit, terwijl zijn handen verschrikt bleven gebaren, als tegen een onheil. Eigenlijk was ik liever op straat gebleven, omdat de lichten dreven op het asfalt als op de oppervlakte van een diep en donker water.

Maar omdat de man met de handen me dat kaartje gegeven had, ben ik maar binnengegaan. Ik was de laatste in de gangen en mocht nog net naar binnen, voor de deuren sloten.

Maar de zaal was zo vreemd! Misschien waren het wel honderd vleugels, die daar stonden in een wazig, oranje licht, als mensen die zich hebben opgesteld voor een rouwstoet. De mensen die er achter zaten, spraken met elkaar, zoals altijd in concertzalen, zodat de ruimte vol was met een murmelend, onderdrukt geluid.

Een juffrouw bracht me naar mijn vleugel, tamelijk vooraan in de zaal. Een programma kocht ik niet, omdat ik zag dat ze blanco waren. Achter in de zaal begonnen nu de mensen 'Ssssst' te roepen, zodat ik naar het podium keek of de man al kwam.

En toen zag ik dat er op het podium geen vleugel stond, er stond alleen maar een stoel.

Wij gingen staan en klapten toen de man het podium op kwam. Zijn handen bewogen nu niet meer en hij boog naar de mensen, ging zitten, en wachtte tot wij ophielden met klappen, en het stil zou zijn.

Wij begonnen te spelen. Ik wist zeker dat ik die melodie kende, die vertederend en zacht door de zaal wandelde, als speelde er maar één vleugel, maar ik wist geen namen meer, noch van het stuk, noch van de componist, ik kon zelfs met geen mogelijkheid bedenken wat voor soort muziek wij speelden, of zelfs maar uit welke tijd. Toen het uit was, stond hij op om voor het applaus te danken, dat nu uit de zaal aanstormde als een onweer, en daarna ging hij weer op zijn stoel zitten, met zijn handen die nu rustig gevouwen waren, als hadden ze nooit bewogen; en wij speelden weer, en van niet één stuk wist ik de naam, maar het deed er niet toe, en het doet er niet toe, ik weet alleen dat het een oude, vervoerende muziek was, o, en hij zat ver en rustig op zijn stoel op het podium, en stond op als wij gespeeld hadden, en dankte, omdat wij voor hem klapten, en aan het eind van de avond brachten wij hem een ovatie, zodat wij zelfs een toegift speelden.

"O, Maventer," zei ze, "het was niet prettig om uit dat land terug te komen, een keer ga ik weg en kom ik niet meer terug."

"Nee," zei ik, "je komt dan niet meer terug. Een keer ga je weg, en je komt dan niet meer terug."

"Wil je mij naar Het Land rijden, het is nog licht," vroeg ze. Het Land, dat was hier een kilometer of zeven vandaan, ze had die plek een keer gevonden, en die hoorde nu bij haar, zoals haar gedeelte in het kasteel, maar ook sommige plaatsen in de eetzaal, of in de gang, in de tuin, of waar dan ook, waar ze kwam of geweest was, en waar wij omheen moesten lopen.

In het begin was het moeilijk om al die plaatsen te onthouden.

"Ach, Maventer," zei ze dan, "je moet daar niet doorlopen." Ze zei nooit waarom – misschien stonden daar dingen die ze zag, het doet er ook niet zoveel toe, denk ik.

Die avond gingen wij dus naar Het Land. Toen wij uitstapten, zei ze: "Morgen ga ik weg. Ik kom dan niet meer terug. Ik ga een groot spel spelen."

Wij gingen zitten. Ze heeft mij die avond veel gezegd, en eerlijk, ik weet het niet allemaal meer, maar ik herinner me haar, zoals ze daar zat, want het was alsof ze het zelfstandige, je zou zeggen, bewuste leven van de bomen en de andere dingen waaraan ze zo geloofde, nu in zich had opgenomen. Zij werd de schaduw, en het trillen van de zilverdennen, die daar groeien – en het oud geworden, gebroken karmozijn van de opgedroogde bedding – ik kan het niet anders zeggen, maar zij dijde uit en vermeerderde zich om de avond te kunnen bevatten, en de geur van de laurier en ten slotte heel dat dal, dat plotseling die avond opnieuw ontstond, onder de handen van een waanzinnige, die in het bezit was gekomen van de maan, en met haar de stenen en de bomen verfde en sloeg, totdat een onverdraaglijke bezetenheid zich van het landschap meester maakte, en de dingen een adem kregen en leefden met haar, onverdraaglijk.

"Je bent bang," zei ze.

"Ja," zei ik, maar ze luisterde niet.

"Je bent bang omdat jouw wereld, jouw veilige wereld, waarin je de dingen kon herkennen, is weggegaan, omdat je nu ziet dat de dingen zich elk ogenblik opnieuw scheppen, en dat ze leven.

Jullie denken altijd dat jullie wereld de ware is, maar het is niet waar, het is de mijne, het is het leven achter de eerste, de zichtbare werkelijkheid, een leven dat tastbaar is, en trilt – en wat jij ziet, wat jullie zien is dood. Dood."' De man Maventer zuchtte. 'Ze ging op haar rug liggen, en ik zag dat zij klein was, en smal en mager als een jongen.' Hij zweeg.

'En toen?' vroeg ik.

'O,' zei hij, en hij liet zijn handen langzaam uit zijn schoot glijden, in een gebaar van verdriet, of machteloosheid, 'ik heb de betovering verbroken, ik ben weggelopen, en heb verderop bij de auto gewacht. En de volgende dag is zij weggegaan, maar nu komt zij niet meer terug.

Wat mij betreft, ik heb besloten oud te worden.

Ik ben niet jong meer, en ik heb veel meegemaakt, maar zolang zij nog hier was, kon het niet, oud worden.

En nu is zij weggegaan, en jij bent gekomen om mij het

verhaal te laten vertellen. Het is verteld, en nu kan ik oud gaan worden.

Nog één keer ben ik bij Het Land geweest, en alles was gewoon, een bedding van opgedroogde rode modder, wat rotsen en bomen, niets om bang voor te zijn.

Het is vreemd, om oud te gaan worden.

Doodgaan is dan niet ver meer.' Hij stond op.

'Jij moet nu weggaan, ik zal je met de auto brengen tot Digne.'

En dat heeft hij gedaan, en daar namen wij afscheid bij de spoorwegovergang, die ligt in de kromming van de weg naar Grenoble, en hij hield mijn hand tussen de sponzen van zijn handen, en nog steeds ontweken zijn ogen mij, zodat ik nooit goed heb kunnen zien hoe ze waren, zodat ik hem dus nooit heb gekend. En na de kromming zag ik hem niet meer, maar ik hoorde hoe hij draaide met de auto, en hoe het geluid daarna zwakker werd en verdween.

Ten slotte werd het stil, en ik dacht dat ik haar misschien wel zou vinden, ergens.

Tweede boek

1

'Dat is geen huis,' zei ik, toen we de oprijlaan in reden, 'en ik weet niet eens hoe je heet.'

'Fey,' zei zij.

Het was een ruïne. Dichterbij kon ik het beter zien in het huilerige licht waarmee de dag begon. Koningsvarens zag ik, en gemeen wit-groen gras, en ook allerlei harde bloemen die over de kleurloze steenmassa's woekerden, waartussen verrotte en schimmelig uitgeslagen sponningen in belachelijk verwrongen houdingen tegen en over angstige pilaartjes lagen – als soldaten die een vesting hebben genomen en nu de vrouwen hebben gevonden.

Deuren, waarop vuil mos vegeteerde tussen afgebladerde schilfers verf, stonden troosteloos tot hun knieën in het dode, roestkleurige water van een bomtrechter, en uitgeput door een wanhopige doodsstrijd lagen uiteengevallen meubels en matrassen in de struiken, zoetig ruikend naar bederf.

De helft van de kleine toren was weggeslagen, zodat je erin kon kijken als in een lichaam op de snijtafel; blauwachtig glansde het door kogels opengeslagen hardsteen van een wenteltrap.

Fey ging mij voor, de trap op. Op halve hoogte was een lage, onbeholpen getimmerde deur, die ze opentrapte met haar voet.

'Dit is de enig bewoonbare kamer,' zei ze.

Het was een lange, niet te brede ruimte. In het licht dat ze had aangestoken, zag ik aan de muren hier en daar nog een stuk donkerrood leren behang, met runenachtige motieven in afgesleten goud. Er waren twee ramen, waarvan er één was dichtgespijkerd met planken en platen karton. Deze ramen waren links van de deur; aan de tegenovergestelde muur hing een lange, onregelmatige rij van ongeveer twintig foto's, meestal van mannen of jongens, maar er waren ook een paar meisjes bij. Sommige foto's waren heel groot, andere weer in het formaat van een briefkaart en zelfs ook enkele pasfoto's. Door alle foto's was met wiskundige nauwkeurigheid een kruis getrokken in rode inkt. Ik kende er niemand van, zo te zien. Daaronder was een lang, ruwhouten schap getimmerd, waarop voor elke foto een jampot stond met bloemen – en in niet één pot stonden bloemen van een zelfde soort als in een van de andere. Ik ging met mijn rug naar de foto's zitten.

'Daar in de hoek achter dat gordijn liggen twee matrassen.'

Ze had een schorre, maar toch mooie stem. 'Je kunt nu beter gaan slapen, denk ik, want je hebt meer dan genoeg gedronken – en morgen komen de anderen. Maar pas op dat je niet op Dominee en Pastoor gaat liggen.'

Ik wilde de katten van de matras in de hoek duwen, omdat ik liever naast een muur lag, maar een van de twee, Dominee, hoorde ik later, begon te blazen en haalde mijn hand open met zijn klauw, zodat ik maar op de andere matras ging liggen.

Fey deed het gordijn open en gooide iets naar me toe. 'Hier heb je het tafelkleed,' zei ze, 'trek het goed om je heen, want het is hier altijd kil en vochtig in dit ellendige huis.'

Ik wist niet hoe laat het was toen ik wakker werd, want lange, haast duistere sluiers van regen waren dichtgetrokken over het land. Mijn hoofd was zwaar van de hoofdpijn en duizelig liep ik naar het raam en keek in de regen.

Plotseling hoorde ik een kort, droog geluid – het knippen van een schaar – en toen zag ik Fey.

Ze stond op blote voeten tussen het scherpe pulver van de stenen en knipte bloemen van de wilde roos. Haar korte haar was nu blauwachtig zwart door de regen. Ze droeg een paarse plastic jas, en daaronder wat korte zwarte kleren. Ik zag dat ze mooier was dan vrouwen die ik daarvoor gezien had, zelfs mooier dan het Chinese meisje, al had ik die maar een minuut echt gezien, in Calais. Later, op het eiland, heb ik mannen wild om Fey zien worden. Belachelijke dingen deden ze om haar aandacht te trekken, of om met haar te kunnen slapen – en zelfs als dat lukte, omdat ze er toevallig zin in had, of omdat ze, zoals gewoonlijk, gedronken had, waren ze nog niet veel verder dan de wat pijnlijke herinnering van scherpe en sterke tanden en een volmaakte onverschilligheid van haar kant, de volgende dag, en daarna. Elke keer als ze kritisch en bedachtzaam een bloem uitzocht om af te knippen, zag ik die karakteristieke beweging met haar mond – ze trok dan haar bovenlip tegen haar boventanden, en stak haar onderkaak een beetje vooruit. Kinderen kunnen dat ook doen als ze een insect uit elkaar trekken – en omdat ik haar die beweging zo vaak heb zien maken, en niet bij bloemen, weet ik dat haar gezicht dan iets wreeds, misschien iets duivels had. De gewone uitdrukking van nonchalante bitterheid of sarcasme in haar ogen balde zich samen – en die ogen werden dan kleiner en harder, ik denk ook zwarter en nog ontoegankelijker dan ze tevoren al waren.

'Hallo,' riep ik.

Ze draaide zich om en keek naar boven. Ze lachte. Fey lachte slechts zelden, en de verfijning die haar gezicht dan plotseling kon tonen, was verwarrend, omdat het doorgaans grof was, en breed door een saudade die zelfs door het sarcasme in haar ogen niet verborgen kon worden.

'Wacht even,' riep ik – en ik rende naar beneden. Onder aan de trap trok ik mijn bovenkleren en mijn kousen uit en gooide die op een droge plek in wat vroeger een galerij geweest moest zijn.

'Kan ik je helpen?' vroeg ik – de regen droop van mijn gezicht, en mijn haar plakte in slierten tegen mijn voorhoofd.

Fey antwoordde niet, maar wees op een rododendronstruik en stak drie vingers in de lucht. Zelf bukte ze weer naar een bos duizendschoon en lette niet meer op mij. Voorzichtig, om niet over een steen te vallen, of ergens over het glibberig mos van stenen of hout uit te glijden, klom ik naar de rododendron en trok er drie bloemen af – het laatste taaie stukje van de stengel moest ik met mijn tanden kapot bijten. Ik spuugde het bittere, wrange sap weg, maar de smaak bleef in mijn mond.

Ik hield de zware bloemen in de hoogte, naar Fey. Ze knikte goedkeurend en bracht haar handen aan haar mond, als een roeper, en ik hoorde: 'Seringen – vier.'

Zoekend keek ik in het rond, maar nergens zag ik seringen.

'Ik zie geen seringen,' riep ik, maar omdat het zo regende verstond zij mij niet, en ik riep weer: 'Ik zie nergens seringen.'

'Je moet over de muur klimmen, en dan over de brug.' Ik trok me op aan de klimop, maar ik was bang dat de slingers, en ook het mos waarmee de muur begroeid was, los zouden laten. Spartelend met mijn benen zocht ik op de tast naar een steunpunt voor mijn voeten, maar ik kon niets vinden en scherp sneden de slingers van de klimop in mijn handen. Juist toen ik me niet meer kon houden, en ik me wilde laten vallen, voelde ik twee sterke, warme handen aan mijn benen, die mij omhoogdrukten.

Nu was ik er vlug op en balancerend op de brokkelige stenen van de muur draaide ik me om en zag dat Fey een hand omhoogstak om opgetrokken te worden – maar meer dan een handje van mij had ze ook niet nodig. Ze zette haar voeten met de in het gras vreemd glanzende rode nagels in de klimop, en klom als een kat naar boven.

Er was een dood riviertje, dat daaromtrent met enkele grillige, uitwaaierende bochten een groen en brakkig einde vond in een vijver vol scherp groen slijm en boosaardige waterplanten, die waarschuwend en venijnig boven het gevaarlijk fluweel van het oppervlak uit stonden.

Wij lieten ons naar beneden glijden om bij de brug te komen die bestond uit een aantal, door het vocht donker geworden en gedeeltelijk vergane, korte balken, die los in daartoe gehakte gaten waren gelegd op twee ruwe boomstammen die de oevers verbonden.

Fey ging weer voor, lenig springend van balk tot balk. Stenen en klonten vuil begonnen naar beneden te vallen en vormden samen een kleine, roffelende lawine, die vóór ons het dode water openbrak. Ik volgde haar, maar hield ineens stil toen ik een van de balken zag wankelen – ik zette mijn nagels in de binnenkant van mijn hand en hoopte dat ik de moed zou vinden om verder te gaan, voor zij bij de andere oever zou zijn, en omkijken. Dan zette ik de stok die ik op de muur had gevonden zo stevig mogelijk tegen een knoest in de rechter stam, en sprong.

De balk kantelde, maar voor ik eraf kon glijden, sprong ik over op de volgende.

Bijna gelijk met Fey bereikte ik de oever en ik hijgde en voelde ook het hijgen van mijn bloed in mijn slapen en in mijn keel, maar zij liep alweer harder vooruit over een soort schiereiland, dat door een laatste bocht, een laatste barokke uithaal van het riviertje ontstaan was – en toen ik aankwam stond zij al keurend bij de seringen.

Ze gaf me de schaar, en nadat ze de struik van alle kanten scherp bekeken had, wees ze een voor een de stengels aan die ik af moest knippen, en óp de stengel het punt waar ik de schaar moest zetten – en met een aapachtige, zekere beweging van haar linkerhand ving ze de vallende bloemen.

Vier had ik erafgeknipt, en ik zag hoe ze haar hoofd diep in de struik boog; sterker nog was nu de prachtige lijn van haar hals onder het ruw geknipte haar. Rechts voor in haar hals had ze een langwerpig litteken, van een operatie. Ze verborg het nooit, ofschoon dat gemakkelijk genoeg gekund had – en ook dat droeg bij tot die vreemde gewaarwording van iets wilds en wreeds; altijd als ik haar kwaad zag, of op een andere manier erg opgewonden, verwachtte ik dat het litteken zou gaan bloeden.

Maar nu ze daar zo stond legde ik met een, ik denk bijna verlegen gebaar, mijn arm even om haar schouders. 'Kom,' zei ik, en het was alsof ze schrok – even maar, want ze draaide zich om, en hield haar hand om mijn hals, en ik voelde hoe ze haar nagels zacht in de huid drukte.

Ze keek mij aan, en verre van wreed te zijn nu, had haar mond en daardoor haar gezicht iets zwaks – de bitterheid die er was, verloor elke kracht tot aanval.

Toen ze sprak, zag ik dat het litteken in haar hals zacht trilde.

'Je kunt beter teruggaan,' zei ze. 'Je kunt beter weggaan voor de anderen komen. Dit is toch maar een spel met alleen verliezers.

Natuurlijk,' – en meer en meer trokken haar ogen zich terug in een verdriet, of een zwakte, waarin ik haar niet kon volgen –, 'natuurlijk moet je het zelf weten.'

'Ik ken geen spel met winnaars,' antwoordde ik.

Ze drukte de nagels dieper in. 'Dat weet je dus,' zei ze. De zwakte verdween, was er al niet meer – ze begon te lachen, maar te hard. Haar lichaam schokte, en ze boog haar hoofd ver naar achteren, als een bacchante op een Griekse vaas.

Bijna waanzin was het, die in haar ogen schitterde – ze smeet de bloemen in het gras en greep me beet aan twee kanten van mijn hoofd en beet me. Ze beet me in mijn mond en in mijn hals, en ze wrong met haar tanden de mijne open, maar ik schreeuwde van pijn en ineens liet ze me weer los en liep langzaam achteruit, stap voor stap. Er was nu wat bloed aan haar mond en ze hield haar hoofd scheef als een verbaasde hond. Met haar handen maakte ze kleine schokkende bewegingen en dan begon ze weer te lachen, maar nu zachter, haast ingetogen, en met de stem die ze werkelijk had, een alt.

Ik raapte de seringen op en schikte ze weer nauwkeurig

op de goede lengte – maar toen ik zag dat ze weer naar de brug toe liep, en dat ze weer over de balken ging springen als een luipaard, of als een wilde kat, of, bij god, wat eigenlijk, gilde ik: 'Val dan, val dan.'

Ze hield stil op de wankele balk, waarvan door het kantelen nu de gladdere kant boven lag en ging opzij, naar de linker stam, en daar wijdbeens staande trok ze, met haar rug naar de rivier, de balk in het water.

Toen ik met veel moeite aan de overkant gekomen was, met de seringen, liet ik me langs de klimop weer naar beneden glijden, of liever vallen.

Dat zij boven was, hoorde ik aan Dominee en Pastoor, die tegen haar schreeuwden.

Ik wilde nog niet naar boven gaan, en liep naar de droge plaats in de galerij om me aan te kleden, en als ik nog niet gelachen had, kon ik het nu doen, want in een hoek vond ik een stapel apentekeningen in wilde kleuren van Jawson Wood – mild beschimmeld, en in antieke kuifjeslijsten.

Het regende nog steeds; ik kamde het water uit mijn haar, en dacht dat het een lange weg geweest was, van Digne naar Luxemburg over Parijs, en over Calais.

Onderweg zijn er grote steden, vuile steden, waar je bang voor bent, die je alleen met een grijs potlood zou kunnen tekenen. Als je er aankomt, of vertrekt 's morgens vroeg, met de zon, dan gaat een grijs licht open, en de eerste mensen komen naar de trams en de bussen. Ze groeten elkaar met een zwijgende hand, of over straat met een of andere schreeuw, en ik loop erdoor en hoor het.

Eerst was ik op weg naar Parijs, en er was een nacht dat ik sliep op een parkbank, in Grenoble.

'Als u naar de Routiers gaat,' had de man die mij daar afzette, gezegd, 'vindt u zeker wel een grote camion op Parijs, of op Lyon.'

Ik vond er geen, want niemand wilde me meenemen. Zo zat ik tot twee uur 's nachts aan een tafeltje vlak bij de bar en dronk beaujolais, terwijl steeds andere chauffeurs binnenkwamen om even een pernod of een cognac te drinken. Ze brachten een weeïge geur mee van olie en zweet. Buiten hoorde je telkens het remmen en aanslaan der zware wagens.

Af en toe ging ik er eens uit. Het nachtelijk spel bij een Routiers is fascinerend: van verre zie je de wagens al aankomen met twee ontzaglijke lichten voorop, en boven de voorruiten van de cabine een derde, venijnig oog.

Dan begint de lange oranje richtingaanwijzer wijduit te zwaaien, en je weet dat dan ook achter rode lichten aan en uit gaan, aan en uit, want dit spel heeft zijn spelregels, en een fout kan dodelijk zijn. De motor loeit nog een keer, en valt dan stil – maar de cabinedeuren slaan de stilte van de nacht nog weer een keer open, en een man met een grauw en ongeschoren gezicht kijkt je moe en ongeduldig aan als je om een plaats vraagt, een plaats tot Parijs.

Maar het is hun verboden – de chef, nietwaar – een ongeluk, de verantwoordelijkheid? – en ze gaan naar binnen, geven elkaar een hand en drinken en praten wat. Ze horen het nieuws over de chauffeurs van hun firma van het meisje aan de bar, en even later zijn ze weer weg, eenzaam vechtend tegen de nacht en de slaap, tegen de wegen die vaak te smal zijn voor hun geweldige wagens.

In Parijs ben ik toch gekomen, de volgende dag, want nadat ik bij de Routiers was weggegaan, en geslapen had op die bank, werd ik koud en stijf wakker, en begon ik Grenoble uit te lopen, tot een camion mij achterop kwam. In plaats van het rituele manuaal met de duim zwaaide ik met mijn armen.

Hij stopte.

'Paris,' schreeuwde ik, maar hij verstond mij niet, omdat de motor aanstond.

'Paris,' schreeuwde ik. 'Est-ce que vous allez à Paris?'

Hij riep van boven: 'Paris, maar vlug, allez vite, want er zit een camion achter me.'

Het was toen tegen vijven in de ochtend, en ik was gelukkig, omdat ik nu naar Parijs zou gaan, want op de heenweg was ik over Reims gekomen, en had Parijs rechts laten liggen.

O ja, ik geloof dat ik me als een Romein voelde, voor het eerst in Athene.

Maar de stad zelf was warm, en niet vriendelijk voor de vreemde die ik was. Ik nam de metro vanaf de Hallen, waar de chauffeur mij afgezet had, naar de Porte d'Orléans, want ik moest naar de jeugdherberg in de buurt van de Boulevard Brune.

Het was druk, en in de benauwde vijandige atmosfeer van de ondergrondse voelde ik me vies en moe. De rit duurde lang en ik was blij weer boven te komen. De jeugdherberg ligt ongeveer tien minuten van de metro, en ik was nog net op tijd om mijn bagage af te geven, want van tien tot vijf zijn de deuren gesloten. Ik dwaalde die dag door Parijs, en voelde mij vreemd en verloren bij al die mensen, die mij lachend en pratend voorbijliepen – ten slotte vluchtte ik naar de Pointe de la Cité, achter het standbeeld van de vierde Henri. Het vale water van de Seine komt bij de punt van het eiland weer bijeen en als er boten voorbij varen beweegt het tegen de stenen.

Dat het niet eerlijk is zo over Parijs te schrijven, weet ik, want dit heb ik niet gedacht in de galerij van Fey's huis, dit is van later en later, toen de vreugde van de Romein in Athene getemperd was en verdwenen, het later van mijn armoede in deze stad, en van de armoede die je dan onmiddellijk komt omringen.

Maar toen was het nog zo ver niet. Ik was voor het eerst in Parijs, en Parijs was groots – de zon scheen, en ik lag op de kade van het eiland en luisterde naar het ademen van de stad achter de hoge bomen van de Seine-oevers tegenover me, en naar het water. Daarna heb ik Vivien ontmoet, en zij was de schakel naar Calais – alles was geordend, en het is nog steeds een verhaal.

Ze lachte te hard, dat is het – het was in de Auberge, en ze lachte te hard, maar toen ik het gezicht zocht dat zo lachte, vond ik alleen maar een gewoon gezicht, met veel lijnen rond de ogen, zoals bij mensen die verdriet hebben, of gehad hebben.

Ik vind het belachelijk, dacht ik, ik vind het belachelijk dat iemand zo vrolijk is met zo'n gezicht, en ik heb het haar ook gezegd, 's avonds.

Het was een genoeglijke avond, denk ik. Er waren Australiërs, en Ellen, Viviens vriendin, en een Utrechtenaar. Ergens in de bar zong iemand tegen een harmonica, en aan de zinken bar waste de patron kletterend de glazen. Er was veel rook, en buiten wachtte het overal op onweer.

'Waar denk je aan?' vroeg Vivien. En ineens merkte ik dat ze mijn hand begon te strelen.

Ik keek haar aan. Ze is oud, dacht ik, en ze heeft een gewoon gezicht. De Australiërs en Ellen gingen weg, maar Vivien wilde niet meegaan. De Utrechtenaar bleef ook, want hij had de nachtsleutel. Vivien en ik hadden er geen.

'Waarom zeg je niets,' fluisterde ze. Ze boog zich naar mij over met een kleine hoofdbeweging naar de Utrechtenaar: 'Three is a crowd.'

In de metro, terug naar de Porte d'Orléans, streelde ze nog steeds mijn hand, omdat ze dat blijkbaar prettig vond. Ik wilde dat ze dat maar niet zou doen, omdat ik het eigenlijk alleen maar belachelijk vond. Dit is niet eerlijk, want het is niet waar, maar in ieder geval dacht ik eraan, toen, dat zij wilde dat ik haar zou kussen, en vasthouden – en ik dacht dat ik dat zeker niet goed zou doen, of niet goed genoeg, want zij was al oud, en ik wist dat zij al met veel mannen geslapen had, al had ze dat niet verteld.

Soit. De sleutel was buiten, Utrecht was binnen, ik kuste haar en ik voelde hoe warm ze was, maar ineens merkte ik dat ik haar niet kuste, maar zij mij, en dat zij mij vasthield, en mij streelde.

Ze zei, en ik kon haar stem ook voelen, omdat ze zo dicht bij mij was: 'Je bent zo vreemd jij, je ogen...'

Daarna zei ze niets meer en hijgde en liet mij los.

Wij liepen langzaam terug, weer naar de Boulevard Brune, en in een bar dronken we koffie. Er waren jonge arbeiders bezig met tafelvoetbal, en ik heb alle reden om me te herinneren hoe ze eruitzagen. Twee van hen droegen een overall, de andere drie goedkope, opzichtige kleren. Het kletterende lawaai van het ding en hun rauwe, ongearticuleerde schreeuwen overstemden de platen van Patachou.

Twee van de jongens kwamen bij ons staan.

'Vous êtes Américains?' vroeg er een.

'Ah non – zij is Ierse, Irlandaise,' zei ik. 'Ik ben Hollander.'

'Nee,' zei hij, 'Amerikanen.' Hij was een beetje dronken, en hij riep de anderen.

'Dit zijn Amerikanen,' zei hij. En tegen ons: 'Wilt u van ons iets drinken?'

Dit leek op wat wij in het boekje van de Utrechtenaar over het karakter der Parijzenaars hadden gelezen, en wij namen het aan, maar ik voelde hoe zij onder tafel mijn been tussen haar benen nam, en ik begreep dat zij weg wilde, en zelf wilde ik ook gaan, want ik was bang dat zij het zouden zien en er iets van zeggen tegen elkaar, of erom lachen.

'Het Franse proletariaat,' zei een van de arbeiders, 'biedt het Amerikaanse kapitalisme een dronk aan.' De anderen lachten – ze stonden nu in een kring om ons heen en keken hoe wij koffie dronken.

'Geen Amerikanen,' zei ik. 'Zij komt van Ierland, Dublin, en ik ben van Holland. La Hollande, Pays-Bas, Amsterdam.'

'Nee,' zei de oudste, of aanvoerder, die een beetje dronken was. 'Amerikanen, New York. How do you do. Américains, capitalistes.'

Wij dronken onze koffie op, bedankten hen en schudden handen. Zij brachten ons naar de deur, en ik zag dat zij nog naar ons keken toen zij honderd meter verder mij kuste.

Ik trok haar mee. En ineens merkte ik dat ze achter ons aan kwamen.

'Ze volgen ons,' zei ik.

Ze keek om. Zij naderden ons al en toen wij vlugger begonnen te lopen, begonnen zij te rennen.

'Laten wij hard lopen,' zei ik tegen haar, 'als we hard lopen, zijn we er, het is niet ver.' Maar zij wilde niet hard lopen, en even daarna waren ze al bij ons. Wij bleven staan, en omdat niemand iets zei, was het vreemd en een beetje angstig, zoals zij om ons heen stonden en grijnsden.

Ten slotte begon de aanvoerder, die ons de koffie had aangeboden, te spreken.

Hij greep mij vast. 'Er is iets bijzonders,' zei hij. 'Het is niet erg, maar ja.' Hij was nu goed dronken.

'Er is een onaangenaamheid,' zuchtte hij. De anderen zwegen, en stonden rondom ons.

'Wat willen ze?' vroeg Vivien. Ze verstond geen Frans.

'Ik weet het niet,' en ik zei tegen de man die me vasthield: 'Wat wilt u? Laat me los.' Hij greep me in mijn hals, schudde me door elkaar.

'Nou moet je geen grote bek opzetten, vuile Amerikaan met je stomme kop,' schreeuwde hij. 'Het is dat je een meisje bij je hebt.'

Hij liet me even los. Ik was bang. 'Laten we weglopen,' zei ik tegen Vivien.

Maar zij zei: 'Wat willen ze?' en ik schreeuwde: 'Ik weet het niet, dat zeg ik je toch.'

De aanvoerder greep mij weer vast. 'Er is een moeilijkheid,' zei hij. 'Iets met de kas. De kas van het café klopt niet. Het is een kleinigheid.'

Ik merkte dat ik erg moe was. Er waren geen mensen meer op straat.

'Het is erg vervelend,' teemde hij weer. 'Heel onaangenaam, een kleinigheid. Misschien kunt u mee teruggaan naar het café?'

'Goed,' zei ik, 'we zullen het aan de patron vragen,' en we

begonnen allemaal langzaam die kant op te lopen, dom en zwijgend, als vee, tot zij weer stilstonden. Ik wilde nog doorlopen, maar hij begon weer te schreeuwen: 'Nou moet je ophouden hé, nou moet je godverdomme vuile...' maar hij kwam er niet uit.

'Ik dacht dat we naar het café zouden gaan,' zei ik, maar hij greep me weer bij mijn kleren en drukte zijn grote vuist tegen mijn mond, en een ander hield een hand over mijn neus, zodat ik geen lucht meer kreeg. 'Als je geen meisje bij je had,' gilde hij weer, en hij vloekte; en dan ineens lieten ze mij weer los, en hij begon te janken, huilerig: 'Het is zo onaangenaam, ik kan het niet uitleggen.'

Langzaam begon ik achteruit te lopen, tot ik het mes zag dat een van de anderen in zijn hand had. Het is net echt, dacht ik, en het mes is roestig, en ik vroeg: 'Hoeveel?'

'Zeshonderd,' zeiden zij.

'Zeshonderd,' zei ik tegen Vivien, want ik had geen geld bij me.

'Waarom?' vroeg zij, maar ik gaf geen antwoord.

'Vraag dan wat er aan de hand is.'

'Ze zijn dronken,' zei ik, 'dat zie je toch wel.' Ze pakte haar portefeuille.

'An Irishman would have fought the lot of them,' zei ze. 'Een, twee, drie, vier.'

Ze telde de biljetten van honderd franc uit in de wachtende, zweterige hand.

'Het zijn er maar vier,' zei hij, 'en je hebt daar nog een biljet van 1000.'

'Vraag hem of hij kan wisselen.'

Als antwoord op mijn vraag zwaaide hij met de vier biljetten, die Vivien hem zojuist gegeven had. Ze gaf hem het duizendfranc-biljet, en hij gaf haar de vierhonderd, en zij gingen weg. 'Het was heel onaangenaam,' zei hij, en gaf ons een hand. Hij huilde nu werkelijk. 'Heel vervelend – een nare kwestie.'

Wij zeiden geen van tweeën iets. Ik wist dat ze mij nu een lafaard vond, en na een ogenblik vroeg ik haar: 'Je vindt mij nu zeker een lafaard?'

'No, I'm sorry about that,' zei ze. 'Jij kunt toch niet vechten, en bovendien, wat had je nou tegen vijf van die kerels willen doen?' Ja, dacht ik, dat is zo – en ik vond nog een beter excuus: 'God weet wat ze dan met jou gedaan zouden hebben, want ze waren dronken,' en ik dacht: een Ier zou gevochten hebben, en zij dacht dat natuurlijk ook, maar ze stond stil en zei: 'Laten we het vergeten. Helemaal vergeten, het is niet gebeurd.'

We liepen verder.

De straten waren stil, maar in de verte hoorden we de stad. En omdat ik wist dat ze erop wachtte, en omdat ze telkens mijn hand aanraakte, pakte ik haar en drukte haar tegen de muur en streelde haar – maar ik hield niet op met denken – ik registreerde haar gezicht, anders kan ik het niet uitdrukken, volledig – het zachte, kleine haar op de wangen en de tastende roze mond. Maar plotseling begon ze te bewegen onder mijn handen, ze schudde zoals zeilschepen dat soms kunnen doen als ze op een bepaalde manier de wind vangen – en ik hoorde haar praten, maar ik verstond niet alles.

'Wat is er?' zei ik, 'wat zeg je toch?' en ik liet haar langzaam los.

Maar zij draaide haar hoofd van mij af en hield haar mond open. Zo stond ze even.

'Hoe oud ben je?' vroeg zij dan.

'Achttien,' zei ik.

'Who taught you?'

Ik wist niet dat ik iets bijzonders gedaan had – ik had het alleen maar gedaan zoals ik dacht dat het moest, of zoals ik dacht dat anderen het zouden doen, of wat en hoe dan ook.

'Ik heb nog nooit bij een vrouw geslapen,' zei ik.

Ze pakte mij bij mijn schouders en hield mij op korte afstand: 'Doe het dan nooit.'

'Jij hebt toch zeker met veel mannen geslapen,' zei ik.

Ze knikte van ja, bedachtzaam, alsof ze ze aan het tellen was – 'maar ik doe het nooit meer.' En ze begon te huilen, plotseling.

Eigenlijk werd ik woedend. Geen ridderlijke reactie, maar het was zo.

'Niet huilen,' zei ik, 'niet doen', en ik dacht: waarom huilen de mensen altijd tegen mij, en voor de eerste keer dacht ik weer aan mijn oom Alexander, en aan die eerste avond in Loosdrecht, toen hij gezegd had dat hij niet huilde.

'Ik huil niet,' zei ze. 'Maar hoe wist jij dat ik verdriet heb?'

'Je ogen' – ik ging er met een vingertop omheen, alsof ik een brilmontuur tekende –, 'daar heb je toch lijnen om.' Ik stond nog helemaal over haar heen, terwijl zij tegen de muur geleund stond en huilde.

Eindelijk kwam het eruit. 'He was so beautiful,' met een gerekte, hoge klemtoon op *he*, waardoor het woord een vreemde, vervoerende klank kreeg.

'Wie?' vroeg ik.

'My baby.'

Je bent een moeder, dacht ik – en ik vond het vreemd. 'Ik

denk dat ik nu naar bed wil,' zei ik. Ja, en ik kuste haar welterusten, omdat ze mij vertelde van de man die haar in de steek had gelaten, 'en hij was zo mooi en groot, en hij deed alles zo prachtig; ik had hem makkelijk kunnen dwingen mij te trouwen, makkelijk, want hij bood het me zelf aan, ofschoon hij het niet werkelijk wilde. Ik heb het niet gedaan, want ik hield van hem – wat er daarna geweest is was niets, hoogstens anodyne.'

Ze tilde haar hoofd een beetje op en keek mij scherp aan. 'Je hebt vreemde ogen,' zei ze weer, 'verleidelijke ogen, ik denk dat ze groen zijn bij daglicht; het zijn kattenogen.'

Ze hebben alle kleuren, dacht ik en zij ging met haar handen onder mijn kleren en zei dat ik dat ook moest doen, en zo voelde ik dat ze zacht was en omdat ik mijn handen niet stil hield begon ze weer te bewegen en een beetje te hijgen – zodat ik dacht: als ik jou niet wil horen hijgen, moet ik zelf hijgen, en als ik jou niet wil voelen bewegen onder me (want we waren in het gras gaan liggen, op haar regenjas) moet ik zelf bewegen, en ik probeerde net te doen zoals je het soms op de film ziet, en ook nog een beetje te snuiven en te bewegen, zoals zij dat deed, maar ik kon het niet, omdat ik het zo belachelijk vond – misschien ook omdat ik er steeds aan moest denken dat ze oud was, en gewoon, en een moeder, – maar ik geloof niet dat zij het merkte. Ten slotte lag ik stil, en zij zei: 'Wat ben je mager.'

'Het kind,' vroeg ik, 'het kind, waar is dat?'

'Ik heb het af moeten geven,' fluisterde ze, en ze was nu werkelijk erg verdrietig. 'Ik heb hem af moeten geven, en nu mag ik hem nooit meer zien – ik heb moeten beloven, dat ik er nooit een poging toe zou doen. Hij is nu bij pleegouders. Het was de mooiste baby die je ooit gezien hebt.'

'Ja,' zei ik.

'Hij was groot, en sterk. Nu krijgt hij een andere naam en hij zal nooit weten dat die andere zijn moeder niet is, en wie ik ben – maar ik moest hem afgeven, want ik ben verpleegster in een groot herstellingsoord, ten oosten van Londen, inwonend – en ik kon hem daar niet houden toen ik weer terugkwam nadat hij geboren was.'

'Ja,' zei ik, en stond op. Ik was koud en stijf, en ik had pijn.

'Kus me,' zei zij, en ik kuste haar weer, zo hard als ik kon, omdat ik gemerkt had dat ze dat het liefst had, en toen liep ik vlug naar binnen, omdat ik moe was, en wilde slapen. Zij had een tent buiten, samen met Ellen.

De volgende dag heb ik iets vreemds gezien, iets wat ik nog niet eerder gezien had. Met Vivien had ik om één uur 's middags bij de grote vijver van het Luxembourg afgesproken, aan de kant van de rue des Médicis. Zelf was ik er al om elf uur, omdat ik het er wel prettig vond – ik zat langs het gras en keek naar de mensen die voorbijkwamen. Mijn Roemeens, met de hand geborduurd zwart en rood kapje werd de oorzaak van een klein avontuur dat mij veel later, toen ik in deze stad in nood zou zitten, indirect nog aan smerig, slechtbetaald, maar noodzakelijk werk zou helpen. Ik merkte dat iemand mij fixeerde, en dat hij, want het was een jonge man, toen ik veinsde even niet te kijken, van stoel verwisselde. Nog later stond hij weer op en liep achter langs me. Ik wachtte tot hij me aan zou spreken. Zijn stem was zacht, en zelfs ik kon horen dat zijn Frans een vreemd accent had.

'Komt u uit Joegoslavië?'

'Nee,' antwoordde ik, en eigenlijk speet het me, want ik hoorde aan zijn stem dat hij graag had dat ik uit Joegoslavië kwam.

'Nee, ik ben Hollander, en het kapje komt uit Roemenië.' De man, of liever de jongen, was een politiek immigrant, en hij vertelde van zijn land en later gaf hij me een ticket voor een maaltijd in een van de Foyers Israélites – zodat ik daar met Vivien ben gaan eten, want zelf had hij al gegeten.

Ze zag er die dag niet zo oud uit, omdat ze het niet wilde, en ze zag ernaar uit alsof ze vastbesloten was veel plezier te hebben en te lachen.

De Foyer was vol en lawaaierig, maar wij vonden dat toen gezellig en keken naar de joodse jongens, van wie er sommigen zwarte kapjes droegen, zoals mijn oom Alexander, en wij luisterden naar de talen die er gesproken werden.

Daarna had ik naar het île willen gaan, maar Vivien wilde terug naar de jeugdherberg.

'Waarom?' vroeg ik, 'die is toch gesloten tot vijf uur?'

'Mijn tent toch niet.'

En doordat ik met haar ben meegegaan, heb ik gezien hoe haar gezicht veranderde. Het was warm in de tent, en zij lag tegen mij aan en zei niets, en ik keek eigenlijk niet naar haar. Maar later lag ik over haar heen en ik zag dat haar gezicht was veranderd. Het was jong, en het zonlicht dat op het oranje tentdoek scheen, gaf er een verwarrende, oranje glans aan.

Ik hield zeker niet van haar, omdat ik dacht dat ik van het Chinese meisje zou houden als ik haar ooit zou vinden – maar de betovering was er en ik ging zacht over dat vreemde gezicht, dat ik nog nooit eerder gezien had – en het gezicht glansde en het was alsof ik het helemaal niet aanraakte, of aanraken kon.

'Hé,' ik zei het zachtjes, alsof ik dacht dat zij misschien even onbereikbaar was geworden als haar gezicht. Maar ze was er nog en ik zei: 'Hé, je gezicht is veranderd.'

Ze lachte langzaam. 'Hoe?' vroeg ze.

'Ik weet het niet.' Ik probeerde er over te denken. 'Het is jonger,' zei ik.

'En ik geloof dat het mooi is.'

Ze bleef lachen, een beetje raadselachtig en daardoor was ze niet meer gewoon, ze leek gelukkig. Maar toch tilde ze haar armen op, en ofschoon ze lachte bedoelde ze eigenlijk iets anders toen ze zei: 'Je hebt dit niet gezien, hè?'

'Wat?' Ik had niets gezien.

'Ik moest het je eigenlijk niet vertellen,' zei ze, 'want ik heb er spijt van, omdat het laf was' – maar ondertussen had ik de twee vreemde strepen aan de binnenkant van haar armen, ter hoogte van haar ellebogen al gevonden.

'Hoe?' vroeg ik.

Ze draaide haar hoofd opzij, zodat ik haar niet meer aan kon kijken.

'Met een scheermes,' zei ze. 'Maar het was in het ziekenhuis, en ik had een ader niet goed geraakt, en omdat ze me zo vlug gevonden hebben, kreeg ik de kans niet dood te bloeden.'

'O,' zei ik, en hoewel het gezicht nog ver was, ging ik er voorzichtig met mijn mond over.

Zij had nu gewild dat ik met haar slapen zou, wist ik, hoewel ze mij natuurlijk een lafaard vond, vanwege de avond dat ik niet gevochten had, en ik eigenlijk ook niet zo mooi en groot was als andere mannen, zodat ik misschien niet zo goed over haar kon liggen – maar het kon in ieder geval niet, want Ellen kwam binnen, en de volgende dag zouden zij vertrekken.

Die avond besloten wij een wedstrijd te houden. Het ging erom wie het eerst in Calais zou zijn, liftend.

Wij, dat waren Genevieve, een Amerikaans meisje, de twee Australiërs, Ellen, Vivien en ik. Eigenlijk wilde ik helemaal niet naar Calais – want ik had toch geen geld genoeg om naar Engeland te gaan – , maar ik dacht dat als Vivien weg zou zijn er niemand meer was die ik kende. Dat is altijd zo gebleven, op al mijn reizen, want ik ben altijd een verliezer, omdat ik mij te veel aan dingen hecht, of aan mensen, en zo is reizen geen reizen meer, maar afscheid nemen. Ik heb mijn tijd doorgebracht met afscheid nemen en herinneren, en het verzamelen van adressen in mijn agenda's als kleine grafstenen.

Om zes uur de volgende dag stond ik op. Parijs was wrevelig, en onaangenaam kil. Ik wist niet of ik de eerste was die vertrok, maar ik was vastbesloten die avond in Calais te zijn, want ik wilde mijzelf bewijzen, dat ik erbij hoorde, bij de anderen, en bij de wedstrijd. Vreemd is het dat ik er de hele dag aan dacht dat zij daar die avond ook zou zijn, want ik twijfelde er geen moment aan dat de meisjes vóór mij zouden aankomen.

Ik nam de metro naar de Porte de la Chapelle, en vandaar een bus in de richting van Saint Denis. Het was nu weer zacht gaan regenen, en er waren geen bomen, zodat ik nat werd, en vuil. Bovendien wilde ik niet meteen gaan liften, want zolang er nog huizen langs de weg staan, heb ik het gevoel dat de mensen van achter hun gordijnen naar mij kijken, wat ook meestal zo is. Ik had niet veel geluk, die dag, want ik kreeg allerlei kleine ritten, en er was niet zoveel verkeer, zodat ik soms tijden met mijn zware bepakking moest lopen tussen korenvelden en weilanden, want het was onmogelijk even te gaan liggen, of zelfs maar zitten, omdat alles zo nat was van de motregen. Ik herinner me dat het erg stil was om zo te lopen, want ik was er alleen.

Mijn eerste wagen had mij naar Chars gebracht, dat eigenlijk uit de route ligt – die over Beauvais gaat –, zodat ik vandaar niet veel beter kon doen dan naar Gournay gaan, en dan naar Abbeville.

Ik kreeg een grote camion.

'En alles is corrupt,' riep de man tegen mij, 'de Kamer, de ministers, alles...'

'Ja,' zei ik, en zijn lading en het losgetrilde ijzer van de cabine applaudisseerden nadrukkelijk op een slecht gedeelte van de weg.

Wij rookten onze Gitanes en ik deed erg mijn best om hem te volgen, en op tijd het bevestigend of ontkennend antwoord te geven waarop hij scheen te wachten om verder te gaan.

'En het mooiste is dat alle ministers, al hebben ze maar een week op het kussen gezeten...'

Zou Vivien al in Amiens zijn, dacht ik, of zou ze ook deze weg nemen?

'...voor de rest van hun leven een vet pensioen krijgen uitbetaald.'

'Ja,' zei ik en ik nam mij voor te vragen of hij soms twee meisjes gezien had, van wie een met een Iers vlaggetje, en hij vloekte omdat de ruitenwissers niet werkten, want de regen begon nu hevig te worden en sloeg met gemene vlagen tegen de voorruit, zodat hij vaart moest minderen.

'En dan die oorlog,' riep hij, 'die ons elke dag een miljard kost, ahaha, c'est trop intelligent, l'homme, même plus que les bêtes. Merde' – en hij wachtte even tot wij vlak bij een gat waren zodat hij volle instemming van wagen en lading kreeg, toen hij met uitgestrekte arm profetisch op de door regen nu bijna onzichtbare weg staarde en uitriep: 'Het is gedaan met Frankrijk. Het is gedaan met Europa.'

In ieder geval kwam ik in Calais. Van het grauwe troosteloze Boulogne in een vettige, stinkende oliewagen naar het grauwere Calais – over een weg waar nu zware nevels aan kwamen drijven van de zee. Het was alsof de zware cabine de druk van de hopeloosheid en de weerzin daarbuiten maar nauwelijks kon houden. Acht uur was het, toen mijn chauffeur me afzette in het centrum. 'Au revoir.'

'Ja, au revoir.' De regen sloeg toen neer en de straten waren smerig en vol plassen. Een jongen in een korte leren jas en blue jeans keek hoe ik, de plassen zoveel mogelijk ontwijkend, op hem toe kwam. Hij had een hard venijnig gezicht, met een korte, arme baard.

'Weet u misschien de jeugdherberg hier?' vroeg ik hem, terwijl ik het water uit mijn ogen veegde. Hij keek mij eerst aan zonder antwoord te geven.

Dan spuugde hij hard in een plas en zei: 'Het is drie kilometer de weg op, waar je zojuist vandaan bent gekomen. Ik moet er ook heen, loop maar achter me.'

Ik vroeg hem of hij er soms twee meisjes gezien had, een Iers en een Engels, maar hij spoog weer en zei: 'Nee' – en begon te lopen.

Mijn kleren plakten aan mijn lichaam, en omdat ik die dag nog niet gegeten had, voelde ik mij ziek, maar hij liep voor mij uit door de regen, die mij op mijn gezicht sloeg tot het kil was geworden als marmer, en zonder gevoel, en van tijd tot tijd spoog hij met een rauw schrapend geluid van zijn keel en sprak niet. Ik haatte Calais. Waar wij liepen was het vol zand en kolengruis, de grond was doorweekt en soppig – en de huizen stonden onaandoenlijk en ellendig onder deze regen. Smerige kinderen met bleke volwassen gezichten bekeken ons van achter gore gordijnen zonder enig andere merkbare aandoening op hun gezicht dan een dodelijke verveling. Af en toe waren er openingen tussen de huizen en daar lag dan afval en roestig ijzer, en een vervuilde hond blafte nijdig naar ons, om de vuilnis, die hij misschien nog ergens onder vandaan zou krabben, bij voorbaat tegen ons te verdedigen.

De jeugdherberg zelf was in een zijstraat van deze weg naar Boulogne. Het was een laag houten gebouw – en er was niemand.

Ik had de weddenschap gewonnen, en ik was verdrietig, omdat ik nu de avond alleen zou zijn met de Algerijn, want dat was hij, en ik dacht dat ik met hem aan een tafel zou zitten, en dat hij niets zou zeggen, en spugen. Tegen tienen kwam een van de Australiërs, een grote rode man, met een Hendrik de Achtste-baardje – en hoewel ik hem in Parijs eigenlijk niet opgemerkt had, voelde ik me nu alsof ik thuiskwam –, maar hij wist niets van Ellen of Vivien, noch van de anderen. 'Misschien,' zei hij, 'hebben ze de boot van zes uur nog gehaald, naar Dover.'

Dan zijn ze al in Engeland, dacht ik, dan zie ik ze niet meer.

Later in de avond kwamen er nog andere lifters binnen. Ze brachten de regen mee in hun kleren, en de herinnering aan een ellendige dag, maar Vivien was er niet bij, en niemand had haar gezien.

Die nacht had ik het koud, omdat ik geen dek genoeg had, en ik was blij dat de dag kwam, maar hij bracht alleen maar nieuwe regen, en mijn kleren waren nog nat. Buiten was het triester dan ooit.

's Nachts was, toen wij sliepen, de andere Australiër nog binnengekomen. Hij had Vivien niet gezien, zodat het nu praktisch zeker was dat zij niet meer zou komen. De Australiërs vroegen of ik meeging, hun Franse francs opdrinken, en dat heb ik gedaan. Het was een klein eethuis, in de buurt van de burgers van Calais, van Rodin. Wij aten alleen maar patates frites, en daarna dronken we elk een fles goedkope Algerijnse wijn.

Het laatste glas was op Vivien, omdat ze in Engeland was. Maar ze was niet in Engeland, want toen wij arm in arm bij het paspoortenbureau in de haven kwamen stond ze in de rij voor de douane. Ze was gisteren maar tot Boulogne gekomen.

'Vivien,' riep ik, 'Vivien.' Maar zij zei dat ik dronken was en ik begon te huilen, omdat ik zeker wist dat het niet waar was. O ja, en ik wilde haar kussen, maar zij duwde mij zachtjes terug en zei dat ik maar vanaf het strand vaarwel moest wuiven.

'Goed,' zei ik, 'ik zal jou vanaf het Franse strand vaarwel wuiven,' maar ik kon het Franse strand niet vinden, want er waren overal huizen en bij de haven was geen strand. Ik vroeg iemand waar het strand was, het Franse strand, maar ze begrepen mij niet en daarom ben ik maar doorgelopen naar waar ik dacht dat achter de straten de zee zou liggen en eindelijk vond ik de zee, en die was rustig en een beetje droevig onder de regen. En Engeland lag vaag in de verte, deinend op de golven.

Ik werd wakker van het fluiten van de boot. Maar het was niet de één-uur-boot van Vivien, het was de late boot en ofschoon het nog zo vroeg was in juni, was het al donker om me heen door de regen en de lijkkleur van de hemel.

Driemaal ging de fluit van de boot als een oude melancholieke olifant, en liggend zag ik hem wegvaren – maar het was niet de boot van Vivien wist ik, en mijn hand, die had willen wuiven, bleef in een verstard dwaas gebaar een ogenblik in de lucht hangen.

Langzaam stond ik op – mijn kleren waren zwaar van het water en ik had een barstende hoofdpijn.

'Vivien,' zei ik, 'Vivien.' Maar ik lachte hardop omdat ik niets om haar gegeven had. Ik gierde van het lachen, en sloeg met mijn hand op mijn benen, zodat het water uit mijn broek kletste – want ik had zes uur in de regen gelegen –, en ik lachte, omdat ik ziek was, en omdat zij een oud gezicht had, en wilde dat ik haar zou kussen.

En toen merkte ik dat er iemand naar me keek en ik stond doodstil, zodat het lachen angstig verdween van het strand en er geen geluid meer was dan dat van de zee, en een enkele krijsende meeuw.

Ik draaide mij om, en zag haar een ogenblik.

Ze droeg een zwarte nauwe broek van corduroy, zonder zoom, een donkergrijs windjack, waarboven de hoge zwarte boord uit kwam van een wollen trui – en haar zwarte, korte jongenshaar was dof en verward van de regen. Ze had haar van een kleur als de veren van kraaien, en haar ogen stonden heel groot en bruin in het smalle Chinese gezicht.

Ik wist dat dit het meisje was, maar eigenlijk kon je het niet zien, want ze was net een kleine, ernstige jongen, en ze was zo dichtbij dat ik haar bijna kon aanraken, ja, ik kon heel goed zien dat ze haar mond opendeed als om iets te zeggen, maar toen deed ze plotseling een stap achteruit, omdat ik bewogen had, en ze begon hard weg te lopen. Ze klom op een duinhelling, en keek van daar een ogenblik naar mij. Ik was haar niet gevolgd, want ik kon niet hard lopen met mijn zware, natte kleren.

'Niet weglopen,' riep ik, 'niet weglopen, wacht dan op mij.'

Maar zij verdween achter de duinhelling – en ik bleef weer alleen met het zand en de zee.

Langzaam begon ik ook terug te lopen, haar sporen volgend, tot ik weer bij een straat kwam.

2

En dat was dan de eerste weg waarop ik haar volgde. Maar daarna?

Aan het begin stonden nog haar voetstappen in het natte duinzand van Calais, o, en later waren er de mensen die haar hadden gezien in Luxemburg, of in Parijs of Pisa, maar wat doet het er eigenlijk toe. Het is een verhaal, en ik heb dat verhaal een keer verteld, aan een vriend, maar let wel: in de derde persoon – en *langzaam begon hij ook terug te lopen, haar sporen volgend* en nu ging het over een ander en niet langer over mij, want ik wilde niet dat mij dit overkomen was.

Een ander, en niet ik, die toen hij eindelijk in de Auberge aankwam, hoorde dat zij die nacht laat was binnengekomen, na alle anderen – en dat ze alweer was weggegaan. Waarheen? Waarheen wist niemand, want in het gastenregister had ze bij die vraag een vraagteken gezet. Hij dus, een ander, en niet ik, die de namen van de grote Europese steden op een blad schreef en daarna blindelings een vinger zette op dat blad en Brussel trof, en daarom de volgende dag weer vertrok, wetend dat het geen ander was, maar ik, liftend van Calais naar Duinkerken.

En waarom? Waarom zat ik niet op een kantoor, zoals de anderen, waarom stond ik in de regen langs de weg terwijl zij werkten? Een weg, ik weet nu wat een weg is, want ik heb ze gezien en gekend, gezegend in rood en roze door een eerste en een laatste zon, doodlopend in een door de regen omhelsde horizon, korrelig en barstend en vol benauwend stof, dat mij, wandelaar, omkringelt en binnendringt; of kruipend en wentelend met een gezicht harder dan het omringende gebergte; wegen gebed in het geheim van bossen, of plotseling veranderend van dagweg in nachtweg, met het verlangen dat daarbij hoort, en allemaal wegen om op te lopen, als je al ver gelopen hebt en moe bent. Moe.

En ben ik daardoor minder eenzaam geworden? Omdat mensen me meenamen, en tegen me praatten (want dat mag ik me toch wel afvragen: ben ik daardoor minder eenzaam geworden?), omdat mensen me meenamen en te eten gaven, en te drinken?

'Dic nobis Maria, quid vidisti in via,' wat hebt ge gezien op de weg?

'Mors et vita duello conflixere mirando,' dood en leven in een wonderlijke tweestrijd, want dat beeld geven de mensen, een beeld van dood en leven in een wonderlijke tweestrijd, ik die een Chinees meisje heb gezocht, overal, en verloren, en zij die haar niet hebben gezocht, maar mij hebben meegenomen, terwijl ze op zoek waren naar iets anders, en dan weer ik, willende rustig zitten om erover te denken, maar ik had al zoveel te veel gezien. En de straat is een onrust, tot enzovoort, want het is wel duidelijk dat ik het leven slecht heb begrepen, en slechter heb onderhouden, en toch! zeer liefelijke, de uitkomst is dezelfde.

'Wat doet u?'

'Ik zoek een meisje.'

'Wat voor een meisje?'

Een meisje met een Chinees gezicht. Maar ik kan het niet helpen.

Niemand mag kwaad op me worden. Ik ben nog maar een kind, en ik heb te lang in de avond gestaan (wie zei dat?) – ik zoek een meisje. Ze moet hier ergens zijn, misschien in Rome, misschien in Stockholm of in Granada, in ieder geval dichtbij.

'Wat doet u?'

Ik zoek een meisje, wat voor een meisje, een meisje met een Chinees gezicht.

'Ja, één keer. Één keer heb ik haar gezien. Dat was aan het strand bij Calais.'

'Nee, nooit eerder.' Ja, misschien toch ook wel een keer, maar dat weet ik al niet meer zeker, want dat was niet echt, misschien dacht ik het alleen maar – een oude man heeft het me verteld. Maventer. Hij heeft me gebracht naar een dorp waarvan ik de naam niet weet, en zijn handen waren zacht als weekdieren, en zijn armen waren wit en dik en onbehaard.

O, het regent, maar ik ga door, ik kan nu niet meer ophouden, het onrustige hart van mij van Augustinus in de onrust van de steden, of van de reis.

Ja ik zoek iets. Een meisje? O, een Chinees meisje. Misschien ook wel iets anders. Dit is een boerderij. Ik sta hier al zes uur, maar Belgen stoppen niet. Ik ben een bedelaar, maar bedelaars zijn hier uit de mode. Waarom bent u onrustig? – al die sociale voorzieningen – is dit leven het echte niet, en is er een andere wereld? Tiens, ik zie het niet, maar als u het zegt.

In ieder geval is dit een boerderij, en misschien mag ik er slapen, maar wees ervan overtuigd dat dit de wereld niet is, er woont een paradijs tegenaan. Ik heb erin gekeken.

Ik mocht er slapen, op de hooizolder. Pas afgeven, stekskes afgeven en de hond gilde en jankte aan zijn ketting, en zij keken me spottend en wantrouwend aan, maar ik mocht er slapen, want het was weer avond geworden, en het was nog ver naar het volgende dorp. Het hooi was warm en het prikkelde, ik verborg me eronder in een hoek, omdat er veel geluiden aan een boerderij zijn die ik niet ken. Vreemde geluiden, die op je afkomen, beschermd door de nacht en met de wind van de hoge bomen in hun rug, pratend misschien tegen die wind met lange kermende monden. Maar ik wilde er niet naar luisteren, en ik voelde met mijn handen aan het hooi om beter te kunnen denken dat het groen was geweest, en levend, dat het gebogen had voor de regen, zoals ik.

Maar het werd doder en doder – totdat het zelfs de herinnering aan de zon niet meer kon vasthouden. Het is dood, dacht ik, en als ik de hond niet vermoed had, buiten, zijn ketting schuivend over de grond, had ik geschreeuwd van angst, omdat ik onder doden lag, onder lijken die mij bedekten als aarde, en ik sprong op en sloeg het hooi van me af als een gevaar, maar toen ik weer stilstond, en hijgde, hoorde ik alleen nog maar hoe het ritselend in elkaar viel, aan mijn voeten. Ik ging weer liggen, en dacht hoe ik in Brussel zou komen, en dat ze daar wel niet zou zijn.

Tegen de middag van de volgende dag was ik in Brussel. Het regende die dag niet, integendeel, het was warm met een bezwarende benauwenis, alsof er een onweer naderde. Met moeite vond ik uit waar de jeugdherberg was, en nadat ik gehoord had dat zij daar niet was, of geweest was, moest ik de weg weer vinden om uit de stad te komen, omdat ik niet wist waar ik haar anders zou kunnen vinden in een zo grote stad. Maar waarheen?

Ik koos Luxemburg, en waarom ook niet, ik had overal evenveel kans.

Een grote stad op de route is een verschrikking voor het liftertje op de weg, steden waar men nooit blijft, zoals bijvoorbeeld Lille, of Saint Etienne, kosten uren. Uren van de weg vragen, verkeerd gaan en goed gaan, eer je aan de andere kant van de stad bent, weer veilig op de grote weg. Een lift naar Wavre, een lift naar Namen. Namen door lopen, het wordt warmer en een stad is alleen nog maar huizen en hitte, het gewicht van een rugzak en de vermoeidheid.

En dan weer een lift. Praten. Maar deze man vertelt iets. Zijn vrouw heeft hem verlaten. Waarom vertelt hij dat aan mij? Omdat hij me niet kent. Hij rijdt door en ik blijf staan. Waarom zou hij het niet vertellen, ik ben maar een voorbijganger, en het lucht hem op.

Twintig kilometer voor Marche gaat hij linksaf. Het wordt nu schemerig en het is hier mooi. Dit zijn sparren, en als ik doorloop staat er een kasteel. Het staat te glanzen in zijn vijver, en daar waar de muren het water raken, bewegen de tulen struiken van een kleine mist, als willen zij met hun kinderlijk gewuif de scherpe raaklijnen verdoezelen, en zeggen dat het kasteel een bloem is, drijvend op het ingehouden ademende oppervlak van het water.

Auto's komen er nu niet meer voorbij en ik denk dat het kasteel om me heen zal lopen, en me beetpakken van achteren, liefelijk, maar het deint een beetje – op welke wind? – en vaart over het water van de vijver, mij aankijkend door de grote ogen van zijn vensters.

Een auto breekt het. Het is een vrachtwagen, en hij stopt zonder dat ik daarom heb gevraagd.

'Vous allez *où*,' schreeuwt de man.
'Luxembourg!'
'Allez! Montez!'

Later spreken wij geen Frans meer, maar Duits. De man is doodmoe.

Diezelfde dag, 's morgens, is hij vertrokken uit Remich met een zware lading wijntonnen, die hij naar Antwerpen heeft gebracht, om lege mee terug te brengen. Nu is hij op de terugweg, en hij is moe, zodat ik zijn sigaretten aansteek en in zijn mond doe, als bij een kindje dat geholpen moet worden met eten. Hij vraagt of ik tegen hem wil praten, want hij is bang dat hij in slaap zal vallen. En ik praat tegen hem, maar ik moet schreeuwen omdat hij me anders niet kan horen boven het lawaai van de tonnen achterin en het zware geluid van de motor.

Ik schreeuw tot mijn keel hees is, en rauw, en hij luistert en antwoordt, over het weer, de wegen en de mensen. In Marche stopt hij en wij drinken bier. Na Marche een wegreparatie over een grote afstand, en ik zie hoe het zweet van zijn gezicht af loopt en door zijn kleren komt als hij de zware wagen door het enkele spoor van zand en kiezel dwingt, met de lichten borend voor ons, meter voor meter veroverend op de nacht. Daarna stoppen wij weer om te drinken, en zo blijft het verder. Hij rijdt een stuk, en omdat zijn ogen dichtvallen stoppen we weer en drinken in een van die kleine cafeetjes langs de weg, waar hij met de mensen praat. Zij kennen hem, hij komt hier dikwijls langs. Elke week twee keer het gevecht met de laatste honderd kilometer. Rijden, stilstaan en binnengaan in een klein wereldje van licht en drank, en als er anderen zijn, een spelletje biljart.

'Au revoir Madame, au revoir Monsieur,' en dan weer rijden – tot de ogen loom en verraderlijk dreigen dicht te vallen en de greep om het geweldige stuur verslapt. In Steinfort drinken wij een glas Remicher, maar als hij aan zijn tweede spel biljart toe is, besluit ik de jeugdherberg op te bellen.

'Met wie?' De stem is ver weg.

'Vanderley,' zeg ik.

'Met wie?'

'Is er soms een meisje met een Chinees gezicht gekomen?'

'Wat?'

'Een Chinees meisje. *Chi-nees.*'

Maar ik krijg al geen antwoord meer. Ze is er dus niet, anders zou de stem niet gedacht hebben dat ik dronken was, of wat dan ook.

Als we weer verder rijden naar Luxemburg, bedenk ik dat ik daar nu eigenlijk niet meer naartoe hoef – maar hij vraagt 'waar moet je zijn in Luxemburg', en ik zeg 'Groothertogin Charlottelaan', want die zal er toch zeker wel zijn en ik zou niet weten waar ik anders heen zou moeten.

Hij reed nog voor me om, en zette me af op de hoek van de Groothertogin Charlottelaan – daarna reed hij weg en ik wachtte tot ik de auto niet meer hoorde, en de stilte weer over de huizen dichtging.

Toen begon ik langzaam terug te lopen, naar het centrum, omdat daar wel een bord zou staan naar Parijs. En misschien zou ik daar geweest zijn, als ik Fey niet ontmoet had. Ik was al buiten de stad, waar de bossen beginnen en de nacht zou er niet lang meer zijn, zodat het regende, want regen is dichter bij de nacht dan wat ook. Ze stond voor me stil met haar kleine sportwagen en scheen op mijn gezicht met een lantaren. Plotseling zei ze: 'Dans Arles, où sont les Alyscamps,' en het kon me niets meer schelen dat ze het wist, en hoe en waarom zij dat ook wist; ik deed mijn rugzak af en legde die achterin, terwijl zij omdraaide, en we reden terug, weer door Luxemburg, naar dit huis ('dat is geen huis,' zei ik toen we de oprijlaan op reden, 'en ik weet niet eens hoe je heet.' 'Fey,' zei zij. Het was een ruïne), naar deze galerij, waar ik nu zit, nadat we bloemen hebben geplukt en ik kijk naar de regen als naar een vriend. Waarom zou ik niet met hem gaan spelen?

'Ja,' zei hij, 'ga je met me spelen?' en wij gingen samen weg en hij liet me zien hoe hij het water van de gracht openmaakte en de bloemen dicht. Overal liep hij vlug voor mij uit, en hij tikte met zijn kleine handen tegen de struiken.

'Neem me op je schouders,' zei hij, 'neem me op je schouders,' en dat deed ik, en daarom was ik zo nat toen Fey riep 'dat de anderen er waren'.

3

Waarom weet ik niet precies te zeggen, maar hij deed me aan kalk denken. Hij stond voor de spiegel toen ik boven kwam.

'Wat doe je?' vroeg ik.

'Ik speel Narcissus,' zei hij, en zijn stem was dor en zonder veel geluid, alsof iemand twee kalkstenen over elkaar schoof.

'Ik speel Narcissus,' zei hij, 'dat is leuk. Narcissus dans les Alyscamps,' en hij lachte, alsof er kalk verschoof, scherp en droog.

'Hoe weet jij dat,' vroeg ik – en hij lachte weer en zei: 'Een zekere Maventer.'

Fey en de andere jongen, die groot was, en dik, zaten aan de tafel. 'Dag, dag,' zei de andere jongen tegen mij, 'je moet goed naar hem luisteren, hij heeft veel meegemaakt en hij weet veel.'

'Wie ben jij dan?' vroeg ik, 'ik ken jou niet.'

'Ik ben Sargon,' antwoordde hij, 'maar ik kom straks pas.'

De jongen voor de spiegel trok zijn wenkbrauwen op en liet zijn ogen bol worden, en groot, zodat ze als fletse verlepte oranje bloemen stonden in het onvruchtbare wit van het gezicht.

'O, Narcissus,' zei hij, 'wat ben je lelijk,' en hij hield zijn handen voor zijn hoofd, alsof hij het niet meer wilde zien, maar hij keek nog door de spleten van zijn ogen.

'Deze handen zijn koud,' zei hij, 'en als het erop aankomt, dood. Ze horen niet bij mij.' Hij draaide zich om en het naargeestige oranje schijnsel van zijn ogen kapselde mij in als het licht van een ouderwetse schemerlamp. 'Van alle ledematen heeft de hand het meest zelfstandige leven,' fluisterde hij. 'Ken je dat gedicht van Wildgans... ich weisz von deinem Körper nur die Hand... kijk, hij leeft,' en wij keken naar de hand die hij op tafel had gelegd, maar die hand lag daar nog, wit en dood. Hij praatte weer tegen mij.

'Ik, of liever mijn speciale geval, is op vele manieren in te delen,' en hij ging naar de spiegel toe, en schreef met zijn vinger tegen het glas alsof het een schoolbord was, maar er kwam niets op te staan.

'Begrijp je dat?' vroeg hij.

'Nee,' zei ik.

'Heb jij zeep?' zei hij tegen Fey, en die gaf hem zeep, zodat hij op de spiegel kon schrijven: 'morbus sacer.'

'Heilige ziekte?' vroeg ik. Hij knikte goedkeurend naar mij, en vormde zijn mond tot een tuitje en zei: 'Een gevaarlijke heiligheid, heiligen zijn gevaarlijk voor de omstanders, en als eerbewijs aan de heiligheid hebben de middeleeuwers nu eens een gevaar heilig genoemd, morbus sacer, epilèpseia.'

Hij schreef het op: hè epilèpseia, en daaronder drie keer hetzelfde woord, aura, aura, aura.

Bij elk van die woorden tekende hij iets, een oog, een oor, een neus.

'Kies er een,' zei hij.

Maar ik bleef staan, omdat ik er niets van begreep.

'Je moet niet blijven staan,' riep hij, 'je moet er een kiezen.' Maar ik zag dat hij niet echt kwaad was, en dat hij alleen maar bijna huilde, en daarom wees ik met mijn vinger op de aura waar een oog bij stond.

'Hoe weet je dat?' vroeg hij, en hij liep de kamer uit, maar de jongen die Sargon heette, liep hem achterna en schreeuwde: 'Heinz, kom terug, kom dan, Heinz, het is toch toevallig.'

Fey stond op en kwam bij me staan. Ze sloeg haar arm even om me heen.

'Gek zijn ze,' zei ze, en ze liet water in een emmer lopen, om de spiegel weer af te wassen, 'en ik heb het nu al twee keer gehoord, zodat ik het je ook wel kan vertellen. Dat,' en ze wees op hè epilèpseia, 'dat heeft hij, en dat is alles. Het begin van een toeval heet aura, zegt hij. Het duurt maar heel kort, een seconde of zo. Sommigen horen geritsel of gefluit,' en ze wees op het oor, 'anderen zien vlammen, of sterren, zoals hij, dat is alles.'

'Dat is niet alles,' zei de jongen van wie ik nu wist dat hij Heinz heette, 'dat is lang niet alles, tenslotte is dat het begin, ik heb het nagelezen om te weten wat er precies gebeurde, daarna.'

'Hou op,' zei Fey. Maar hij zei: 'En dan val ik neer, of liever, wat mij betreft, ik zak in elkaar, dat weet ik, want ze hebben...'

'Hou je kop,' zei Fey – 'en daarna krijg ik een kramp, een tonische, mooi woord,' en hij lachte en herhaalde: 'tonische.'

Fey sloeg hem in zijn gezicht, maar hij gierde van het lachen, en hij zwaaide heen en weer op zijn stoel en gilde: 'En dan de clonische en dan schud ik. Je hoeft niet meer te slaan,' zei hij tegen Fey, 'het is al afgelopen. Dat staat tenminste in het boek. Diepe, diepe slaap.'

Fey haalde haar schouders op, en ging door met het schoonmaken van de spiegel.

'Goed schoonmaken,' zei hij, 'goed schoonmaken, anders kan ik Narcissus niet meer zien, en Narcissus en ik hebben samen al zoveel meegemaakt.'

Hij ging met zijn handen over zijn armen, hij streek erover, alsof hij ze warm wilde maken, maar het was een koud en wit vlees.

'Vroeger,' zei hij tegen mij, 'wilde ik naar het klooster. Ayay.'

'Ik zal het in die hoek vertellen,' zei hij, en hij liep naar de hoek die het verst van ons vandaan was. 'Ik wil ver van jullie af zitten, want het is lang geleden gebeurd, toen ik nog niet bij jullie hoorde.'

Hij veegde met zijn handen langs zijn mond, als om die te bezweren.

'Die andere wereld,' zei hij, 'was veel gelukkiger. Ik was er klein en wij waren katholiek. Ook nadat mijn vader was overgeplaatst van Beieren naar Hamburg baden wij nog steeds 's avonds voor wij naar bed gingen de rozenkrans, en bij elke maaltijd de Engel des Heeren. Bij het Mariabeeld waren altijd wel bloemen en bij het beeld van het Allerheiligst Hart brandde altijd wel een klein rood theelichtje. Het Heilig Hartbeeld was prachtig van goedkoopte, mijn moeder had het een keer van de rommelmarkt meegebracht voor drie mark, nadat het andere gebroken was, en vader had zelf de stukjes, waar de verf was afgeschilferd, bijgekleurd met kleurkrijt.

Kortom, wij waren zoals dat heet: Een Gelukkig Gezin.

Daarna ging ik bij de karmelieten op college. Och,' en hij verschoof zijn stoel, zodat wij schrokken, 'misschien hebben we allemaal een tijd die we de gelukkigste van ons leven noemen. Waarschijnlijk was het niet zo, en waren we toen even ongelukkig als we zijn in de tijd waarin we dat zeggen, maar het is nu eenmaal zó dat wij het geluk liever áchter dan vóór ons hebben liggen: dat maakt alles zoveel makkelijker. Mijn geluk ligt dus in een dorp in de provincie. Het is een klein dorp, en de mensen waren er vriendelijk. Aan de buitenkant van dat dorp staat een klooster, en tegenover dat klooster, aan de andere kant van de straat: de school.

Ga maar zoeken, dan vind je ze, mijn herinneringen.

's Morgens om kwart voor zes de klokken van het klooster met een sobere, enkelvoudige klank. Ik werd dan wakker, en zag hoe de anderen nog sliepen, en ver weg en soms gelukkig waren, want sommigen lachten en zeiden dingen in hun slaap.

Om vijf voor zes liep de wekker af in de cel van de surveillant, die zo gebouwd was dat degene die de surveillance had over de twee slaapzalen kon uitzien. Om kwart over zes kwam hij de slaapzaal op met zijn bel, en ik kan die bel nog horen, al is het lang geleden.

Teding, teding, tedingdingding en hij stond bij zijn deur en belde en zei "benedicamus domino" en wij zeiden "deo gratias", waarna hij langs de bedden liep en de dekens aftrok van degenen die nog sliepen, of deden alsof.

Al die geluiden! Want na het bellen, en het opstaan, liep de monnik langs de wasbakken, en trok aan lange touwen de bovenramen dicht.

Nadat hij bij ons geweest was, ging hij naar de slaapzaal

van de kleintjes, waar wij ook eerst hadden gelegen, voor we in de Syntaxis of de Retorica kwamen, en uit de verte kon je de bel weer horen, en het dichtslaan van de ramen, klap, klapklap.

Maar ik was dan allang aan de wasbakken, want ik had een afspraak met mezelf. Er waren er die altijd het eerst aan de wasbakken waren, en daarna nog wat op hun bed gingen lezen, maar ik waste en kleedde mij in vijf minuten en keek dan of de surveillant niet op ons lette. Meestal liep hij brevierend de zaal op en neer, zodat ik, als hij met zijn rug naar mij toe liep, vlug de zaal uit ging. Onze slaapzaal was onder het dak, zodat ik veel trappen af moest lopen om in de tuin te komen, altijd oppassen dat niemand me zou snappen, want het was verboden om vóór de mis naar de tuinen te gaan. Eigenlijk waren het geen tuinen, het waren twee velden. Het Grote Veld en het Kleine Veld.'

Hij hield op met praten en ging staan. Bij het dichtgespijkerde raam bleef hij staan en kraste erop met zijn nagels, een gemeen geluid.

'Het Grote Veld,' fluisterde hij, en hij draaide zich om en keek ons aan en zijn ogen bewogen als een oranje stoplicht gevaargevaargevaar.

'Het Grote Veld, het Kleine Veld, wat gaat het jullie aan, waarom luisteren jullie eigenlijk? Kan het jullie iets schelen of ik langs de muur sloop van de fietsenrekken op de speelplaats, omdat ik eerst moest kijken of er niet een pater aan het brevieren was?'

Hij ging weer terug naar zijn stoel.

'Ik heb eens een keer een blad ingezien van theosofen, en ik begreep het niet, elk vak, elke godsdienst, elke groep heeft zijn eigen jargon, en dat hadden wij ook, maar het was een jargon van gewone woorden. De Boom. Na het Grote Veld linksaf het pad op dat rond het Kleine Veld liep, en dan was de derde boom De Boom.' 'Ga maar graven,' zei hij weer tegen ons, 'dan vind je ze wel. Roestige sigarettenbusjes, met missen. Het gesproken gedeelte van de missen in de kerk bestaat uit gebeden die elke dag hetzelfde zijn, en gebeden die wisselen met de dag, die behoren bij een bepaald feest of bij een bepaalde intentie.

Ik was lid van de missencommissie die tot taak had naar analogie van echte gebeden, gebeden in het Latijn te maken voor de meer profane intenties van de andere leerlingen. Ik heb er heel wat gemaakt ter opwekking van de liefde van N N, gezien op straat den... voor X, of om een repetitie af te wenden. Oremus, amorem magnam quaesumus Apollone, mente puellae infunde... et cetera. Apollo, want bij onderlinge afspraak was overeengekomen dat deze gebeden alleen zouden worden opgedragen aan de oude Griekse goden, omdat sommigen bang waren dat het anders heiligschennis was. Het gebed, dat betaald werd met snoep of worst, moest als een amulet op de borst gedragen worden, en als de gunst verkregen was, werd het plechtig begraven in een blikken sigarettenbusje, onder De Boom, met de maar zeer weinige ingewijden tot getuigen.

Er was dus een tijd dat ik gelukkig was door met een paar andere jongens bij een boom te staan en een blikken busje met een papiertje erin te begraven. Gelukkig, omdat wij dan water dronken uit een fles, nadat we eerst een beetje geplengd hadden op de grond, het verschuldigde plengoffer aan de goden.'

Hij lachte. 'Als jullie er nu niet waren, als jullie nu weg zouden gaan, zou ik het kunnen vertellen met een kleine stem, alsof ik niet praatte, maar iemand anders, tegen mij. Iemand die tegen mij zou zeggen: "Weet je nog wel hoe nat alles 's morgens was, in de tuin? De zon werd telkens opnieuw geboren, in de druppels op het gras en over de bloemen, zodat het leek alsof kleine, nieuwe zonnen aan het groen begonnen te bloeien, totdat de tuinen ten slotte hun adem inhielden van verrukking. En soms regende het en dan stond je onder een boom, omdat ze je niet in de kapel mochten zien komen met verregende kleren. En je stond daar onder die boom en keek naar de regen, en zong omdat het regende, want je hield van de regen, is het niet?"'

Hij brak weer af, en wachtte tot hij weer met zijn gewone stem kon praten, want hij scheen bang te zijn om gelukkig te zijn met een herinnering, maar het verhaal werd hem telkens de baas, elke keer opnieuw steeg de stem op uit zijn assige dorheid en soms werd hij jong en bewogen als een vertedering, en glansden zijn ogen – tot hij ons weer zag, en aan zichzelf herinnerd werd.

'Dat weten jullie,' zei hij dan, 'dat weten jullie nu ook: Het Grote Veld, Het Kleine Veld, De Missen, De Boom. Ik kon maar tien minuten in de tuin blijven, tot de bel voor de mis ging, die voor mij het teken was om vlug naar de slaapzaal terug te gaan en mijn plaats in te nemen in de rijen zwijgende jongens die, elke rij met een eigen surveillant tussen zich in, van hun verschillende slaapzalen kwamen, naar de kapel, die, zoals de beelden bij ons thuis, liefelijk was van lelijkheid. Ramen en kruisweg waren banaal, de paramenten goedkoop, behalve op feestdagen, zoals op Sacramentsdag, of op Hemelvaart. Dan leefden de kale, vochtige muren achter het altaar plotseling van de palmen en bloemen, en door wolken van wierook, versierd met veelkleurige banen zonlicht bewogen buigend, biddend en zingend de priesters in hun zware goudbrokaten dracht, als een geheimzinnig spel, want meer was het voor mij niet, gekleurd door het soms weemoedige, soms uitbundige gregoriaans.'

Wij wachtten hoe hij nu deze herinnering zou afbreken, en hij zei: 'Misschien vond ik het toen helemaal niet mooi. Misschien dacht ik dat de celebrant niet kon zingen, of dat de bloemen al verlept waren, dat het benauwd was vanwege de goedkope wierook. Misschien was ik niet eens graag op college, waar je om kwart over zes op moest staan en in lange rijen naar de kapel, daar bijna een uur knielen met blote knieën op een harde houten bank, en dan in dezelfde lange rij, nog steeds zwijgend, naar de studiezaal.

's Winters was het koud, als we daar 's morgens binnenkwamen.'

Hij wreef zijn handen alsof hij het koud had, en bleef toen zitten met zijn handen tussen zijn rug en de stoelleuning.

'Nu weet ik, waarom ik er toen gelukkig geweest moet zijn, vooral 's winters, wanneer de banken 's morgens koud waren, en wij zoveel mogelijk kleren droegen om warm te blijven in de kilte van het gebouw. "Wij," en daarom was ik gelukkig, omdat ik erbij hoorde.

Nu hoor ik er niet meer bij, ik hoor nergens meer bij. Niet bij de andere mensen die het koud hebben, want ze hebben het allemaal op een verschillende manier koud, op hun eigen kamers.'

Hij liep naar de spiegel, en gaf hem een zetje, zodat de spiegel heen en weer begon te zwaaien, heen en weer. 'O Narcissus,' zei hij, 'druk maar op een knop, er zijn er zoveel: een voor de Grote Wandeling, op het rectorsfeest, of op de grote feesten van de Kerk. In de lagere klassen speelden wij op de Grote Wandeling rovertje, in de bossen. In de hogere bepaalden wij het lot van de wereld.

Een andere knop: de verplichte recreatie op het Grote Veld, op zomeravonden.

Wij werkten in onze tuintjes, of speelden badminton, en soms lazen we op de banken onder de populieren of liepen over de breedte van het pad, zes vooruit, zes achteruit. Daarna heb ik nooit meer iemand achteruit zien lopen. Daarna werd het oorlog.

Narcissus mocht niet in het leger. Zelfs dit leger wilde Narcissus niet.

"Nee Narcissus," zeiden ze. "Jij bent ziek. Uitschot wil het Rijk wel hebben, maar jij bent ziek, voor jou zijn we bang. Morbus Sacer. Amen."

Bang,' zei hij tegen de spiegel, die nog steeds schommelde. 'Bang. Ayay.

Er is te veel over de oorlog gepraat. Zelfs nu nog zijn er mensen die vinden dat ze er boeken over moeten schrijven. Over bombardementen. Die heb ik meegemaakt. Over branden. Heb ik gezien. Over dode vaders en moeders, niet zomaar dood, nee, echt kapot, stuk. Die had ik ook. Over verwilderde jeugd, verwaarloosde kinderen. Dat was ik ook, daarna. Over de benden, tussen het puin. Daar hoorde ik bij. Maar wat wil je?

Voor mij kwam het erop aan een sprong terug te maken, en andere herinneringen te laten prevaleren.

Maar wat wil je? Ik nam mijn geweldige stap, over heel dat ademloos uitgebrand en verwoeste Hamburg heen, tot ik weer in gangen liep, als er een bel luidde, in het koor zong, als er een bel luidde.

Natuurlijk ben ik te determineren, in ieder geval enigszins. Sensus clericus bijvoorbeeld, een aardige benadering. Ik ging er dus heen, en betaalde mijn reis met gestolen geld. Kun je het je voorstellen?'

Hij nam de spiegel op zijn schoot en keek erin.

'Nu lach ik,' zei hij. 'Nu lach ik,' en hij streek met zijn vingers langs zijn gezicht. 'Nu is dit weg,' lachte hij, 'deze rimpels zijn weg.

O, ik ben nog niet mooi, maar ik glans, mijn ogen zijn nog lelijk maar ze schitteren nu, want ik ben op reis naar mijn jeugd, nu al ver van de stad, waar mij de trein uit Hamburg gebracht heeft. Het is tegen de avond, en de vooravond van Kerstmis, en ik glans in de ruiten. Buiten is het eenzaam, en achter de eenzaamheid een dorp, waar ik uit moet stappen. Na het dorp is het weer eenzaam.

Het heeft gesneeuwd, en de stilte fluistert onder mijn voeten.

Niemand kan het mij betwisten – sneeuw hoorde erbij, en hij hoorde zacht te kraken onder mijn schoenen. Er hoorde een maan bij, die was voor mij opgehangen, omdat ik terugging naar mijn jeugd. Zelfs de klokken van het trappistenklooster hoorden er bij, en ze luidden niet voor de completen, maar voor mij. Nog ver weg lag het klooster, veilig en onzichtbaar voor mij in de omarming van de nacht, die met zijn rug naar mij toe lag. En ergens in het gebouw stond een monnik aan een touw te trekken, en hij wist niet dat hij het voor mij deed. Dat ik niet naar het klooster ging met de beweegreden die andere mannen ertoe brengt om in te treden, kan ik niet helpen. De anderen hielden van God, dat weet ik zeker, want ik heb het gezien, maar eerlijk, eerlijk, ik kende die Man niet. Die anderen waren daar om de bekering te vragen van de wereld, en om voldoening te geven aan God voor de zonden van de mensen, maar ik dacht dat dat toch niet zou helpen, en dat de wereld rustig door zou gaan met zondigen en zich niet te bekeren.

Vanuit het standpunt van de monniken zou ik, als ze het geweten hadden, een bedrieger zijn geweest, een heiligschenner – vanuit het standpunt van de wereld was ik een idioot, tout court.

Het was een hard leven, goed. 's Nachts om twee uur opstaan om te mediteren en de metten en lauden te zingen, maar ik was gelukkig, want ik liep in een lange witte rij, en wij zwegen, en vastten en zongen en werkten op het land en ik hoorde erbij.

Ik had ook een kaal hoofd, en een witte kovel met mouwen tot op de grond – en als ik niet in mijn getijdenboek hoefde te kijken, omdat het een bekende psalm was, die elke dag gezongen wordt, zag ik vanuit mijn hoge koorstoel mezelf staan aan de overkant, antwoordend als ik mijn regel gezongen had. De hele dag was ik omringd van mezelf, mijzelf zag ik tijdens de getijden, in de gangen, in de refter. Ik was als een toneelspeler in een durende rol, die niemand me meer af kon nemen.

Ik was er drie maanden, toen ik daar mijn eerste aanval kreeg.

Nog ruim zes jaar van mijn priesterwijding af. Maar er kwam geen priesterwijding.

"O, Narcissus," zeiden ze, "jij bent ziek. En het is niet mogelijk priesters te wijden die niet valide zijn. God heeft je dus blijkbaar voor de wereld voorbestemd. Dag, Narcissus, dag, dag."'

Hij gooide een luciferdoosje tegen het plafond en zei: 'O Jij boven, als je er bent, had je het dan niet kunnen doen omwille van mijn vasthoudendheid? Ik ben nog in twee kloosters geweest, daarna, kleine kloosters, achteraf – tot het niet meer lukte, omdat de toestand van na de oorlog gestabiliseerd was, en ik niet meer van de verwarring in de organisatie kon profiteren. Ik was bekend, er was over geschreven, einde.'

Hij kwam naar me toe, en meer dan ooit dacht ik aan kalk, en alles wat dor is, en onvruchtbaar.

'Je weet nu wie ik ben,' zei hij, 'niet waarom ik ook hier ben, niet wat ik met dat meisje te maken heb. Misschien wel waarom ik door Europa lift, als je mijn verhaal begrepen hebt. Denk dan maar dat ik ook door Arles gekomen ben, où sont les Alyscamps.

En daar zit nog een verhaal,' zei hij plotseling met een andere stem, en hij wees op de jongen die zich Sargon genoemd had.

'Nee,' zei ik, 'ik wil het niet horen. Ik wil niets meer horen,' en ik ging naar de matras waar ik die nacht geslapen had.

'Je moet luisteren,' klonk de stem van Sargon achter het gordijn, 'je hoeft me niet te zien, maar je moet luisteren.'

'Nee,' riep ik, maar hij begon toch en zei: 'Het is misschien een teleurstelling dat ik eigenlijk John heet, in plaats van Sargon, maar ik heb me Sargon genoemd naar de bekende Assyrische vorst Sargon II die in 722 vóór Christus Samaria nam. Overigens niet omdát hij Samaria nam, ten eerste is dat zo betrekkelijk na een paar duizend jaar – en trouwens, zo goed als de eerste Tiglath-Pilesar omstreeks 1200 het omringende land won, en de derde Babylon veroverde, zo goed als dus Sargon Syrië nam en Assur zelfs Egypte, zo zeker maakte Psammichetus Egypte weer vrij, heroverden de Chaldaeën Babylonië, en verwoestte de Meed Cyaxares in 164, Assur, en twee jaar later Ninive zó grondig, dat onze lieve Xenophoon er zelfs niet meer over hóórde spreken. Nee, daarom heb ik het niet gedaan, ik heb het zomaar gedaan, omdat ik het een leuke naam vond.

Luister je?' vroeg hij, 'luister je?'

'Ja,' zei ik, 'ik luister.'

'Het gaat om de omroeper, om de stem van de omroeper, daar is het mee begonnen, mijn verhaal, al weet ik niet precies meer, wanneer ik ontdekte dat ik daar op leefde. Vind je dat vreemd?' vroeg hij aan de andere kant van het gordijn, dat heen en weer ging omdat hij er tegen had bewogen, 'dat iemand leeft op de stem van de nieuwslezer?'

Misschien was het ook vreemd, misschien vond ik dat zelf ook wel toen iemand me voor de eerste keer vroeg waarom ik het nieuws van acht uur aanzette, nadat ik dat van zes en zeven uur al gehoord had.

"Dat doe ik altijd," heb ik toen gezegd, maar ik zei tegen mezelf dat ik de dag daarop maar één keer naar het avondnieuws zou luisteren.

En ik was het vast van plan, maar toen de laatste slag van zevenen sloeg, ging ik gewoon naar de radio, en zette hem aan.

Waarom zou ik niet luisteren, als ik dat graag doe? dacht ik, en wat ik eerst de hemel mag weten hoe lang onbewust gedaan had, ging ik nu bewust doen. 's Morgens stond ik vroeg op om het eerste nieuws te horen, en dikwijls kwam ik te laat op mijn kantoor, omdat ik nog een gedeelte van het nieuws van achten had willen horen.

De directie dreigde met ontslag, maar dat vond ik niet erg, ik wilde ontslagen worden, want mijn kantoor was in de City, en tussen de middag kon ik niet naar huis, zodat ik altijd het nieuws van één uur misliep.'

Hij bleef stil, en ik zag hem door een kier van het gordijn. Zijn wenkbrauwen vlokten in vette blonde plekken onder het stoffen voorhoofd en vormden met de boven de bolle wangvlakken paars afzakkende oogleden een ring van bescherming rond de zich terugtrekkende grijze, zwakke ogen.

Hangend en vaag begon de mond opnieuw te spreken, toen ik vroeg: 'Is het uit?'

'Nee,' zei hij, 'maar ik denk dat je het niet begrijpt, ik denk ook niet dat een ander het kan begrijpen: ik was blij toen ik ontslagen werd, vrij om een ritus op te bouwen rond mijn mythe: de stem.

Sparen voor een prachtige stoel, en, eenmaal gekocht, staat hij recht voor de radio. Er wordt naar het nieuws geluisterd met licht uit, een kaars maakt het mooier. O, was ik niet gelukkig?

De stem ging over me heen en stond achter me, bij me, opzij van me, en dag zei de stem, dag en hij raakt me aan en neemt me mee en streelt me en vult de kamer en het bijna donker tot ik de woorden niet meer hoor, en erop drijf, op het geluid, als in een klein bootje, zonder enige bestemming, en het is mijn kamer, de mijne, waarin hij wordt uitgewaaierd als een geur.

Nu weet ik dat ik waarschijnlijk na aan het gek worden toe was, maar toen? Ja, 's nachts droomde ik van de stem, maar dat waren geen prettige dromen.

Ik zag mijzelf slapen in een kamer waarvan ik het witte

stralende middelpunt was. Rondom mij bewoog een blauwachtig, ademend licht.

Omdat de droom altijd eender was, wist ik dat dit licht op een zeker moment zou stilstaan en verstarren, ophouden met ademen, en daarna op de grond uiteenvallen in een scherp, blauwzwart gruis. Blinkend wit en onaantastbaar bleef ik nog het middelpunt van de ruimte, totdat het gruis werd getreden. Want ofschoon er niets zichtbaar werd, verplaatste het middelpunt zich van mij dan eensklaps naar de plaats waar het gruis werd getreden. Dat begon rechts achter in de ruimte en bewoog langzaam naar mij toe, en ofschoon ik daarvoor eigenlijk niet de minst aanwijsbare grond heb, of liever, had, vermoedde ik de stem in de kamer vanaf het moment dat het geluid hoorbaar werd. Tegelijk ook begon zich rond mijn hals een ketting af te tekenen van scherpe, langwerpige stenen. Die stenen waren zwart, tenminste in het begin, want geleidelijk aan trok de kleur weg uit de stenen en begon zich te mengen met het wit van mijn gezicht. Daarna werd de scheiding onherroepelijk, want beneden de ketting bleef het lichaam roerloos, en schitterend wit, maar daarboven leefde het gezicht als een afschuwelijk grijs masker, een embryonale aarde, die beefde en schokte en dan langzaam openbrak.

Ik boog me voorover en keek in een lange straat met hoge huizen, gebouwd met stenen van een verrukkelijk en teer groen. Maar nooit, nooit kon ik die straat binnengaan. Telkens als ik het probeerde, vormde zich een hatelijke barrière, een barricade van het blauwachtig pulver, dat mij beet en wondde. Drong ik desondanks verder door, dan stapelde het pulver zich hoger en venijniger op, zodat het zelfs onmogelijk werd om de straat te zien.

Het was geloof ik niet zo dat ik na de droom onmiddellijk wakker werd, ik denk eerder dat mijn droom geleidelijk verdween. Overdag werd ik er nooit in het minst door gehinderd, want dan was de stem er weer van de nieuwslezer, en de voorbereidingen voor het luisteren.

Tot die ene nacht kwam. De droom verliep zoals altijd. Ik was er, glanzend, ogenschijnlijk onaantastbaar – het licht ademde en verstarde als tevoren, het pulver ontstond, het werd getreden. Alles normaal. De ketting legde zich om mijn hals en weer werd mijn gezicht afschuwelijk gekleurd en vervormd, waarna het openscheurde, en door de walgelijke wond heen toonde het de straat, verrukkelijk als immer; en zoals altijd probeerde ik de straat binnen te gaan, maar eigenlijk was dat proberen verworden tot een ritueel bewegen, want in werkelijkheid probeerde ik het allang niet meer, bang voor de scherpte van het pulver, dat mij bij de eerste beweging zou terugslaan, boosaardig. Maar ditmaal was er geen pulver, en ik kon de straat inlopen, en ik was bang.

Het verkrijgen van iets waarnaar je lang hebt gezocht, maakt in het begin angstig. Op het groen van de huizen na, was dit de gewone wereld, en toch lag er iets over van een niet te benoemen tederheid, die mijn angst stilletjes uitveegde en plaats deed maken voor een opgetogen vervoering. Ik begon te zingen, ik kocht bloemen, ergens, en plotseling begreep ik dat dit geen bijzondere stad was. Dit is het gezicht van de dingen als je gelukkig bent, dacht ik, de wereld is zo altijd, wij verven haar met onze eigen kleuren van angst of ongeluk – maar eigenlijk is de wereld zo altijd. Daarom,' en zijn stem aarzelde achter de gordijnen, 'daarom is het ook zo moeilijk om deze wereld te beschrijven, omdat ik mezelf zou moeten beschrijven, want de wereld neemt onze kleuren aan.

Ik vroeg me af, waarom ik in deze wereld gelukkig zou zijn. De huizen waren smal en hoog, en sommige droegen bakken met goudsbloemen en geraniums in hun vensterbanken, maar dat is in alle steden.
Langzamerhand werden de straten smaller en de huizen lager en ouder.
En daar ontmoette ik de paradijsvogel.
"Dag Janet," zei ik.
Maar Janet keek mij onbewogen aan met haar dode kralen. (Kinderen speelden in die straat en een man maakte muziek voor geld, let wel, dit is ook in alle steden.)
"Hoe lang sta je nu al in die etalage?" vroeg ik. "Je bent wel een beetje stoffiger geworden, maar het is ook al lang geleden sinds Mary-Jane en ik elkaar hier, voor deze winkel, met jou en de andere opgezette dieren van Mr. Lace tot getuigen, plechtig trouw zwoeren Tot In De Dood."
"O, Janet," zei ik, "kijk niet zo dood, jij was tenslotte onze vriendin, het sluitstuk van onze pacten, geduldige aanhoorster van onze avondlijke monologen.

Bij jou, ten slotte, hebben Mary-Jane en ik elkaar ontmoet, toen we met platgedrukte neuzen tegen de ruit stonden te kijken hoe Mr. Lace je in de etalage zette."
"Het is gemeen," zei Mary-Jane.
"Ja," zei ik.
"Zullen we hem kopen?" En wij besloten jou te kopen en gingen naar binnen. Ik herinner me de droge ademloze lucht, het ketsen van de winkelbel en dan de vlugge stapjes van Mr. Lace.

Maar je was niet te koop, zei de mond tussen de rimpels en vouwen, jij was heel zeldzaam en dus heel duur, en wij hadden samen maar zeven shilling. Wij stichtten toen een vereniging, Mary-Jane en ik.

De BVJ, Bond tot Vrijmaking van Janet.

"Ik heb de kas nog," zei Mary-Jane achter me.

"Drieëntwintig shilling sixpence?" vroeg ik, en zij knikte dat het zo was.

"Je bent mooi geworden," zei ik, want dat kon ik in de ruit wel zien, "en die jurk is ook mooi." Ik draaide me om en kuste haar op het voorhoofd.

Ze lachte. "Die heb ik gemaakt van stof van oude lampenkappen."

"Hij is mooi," zei ik, en daarna heb ik haar een hand gegeven, en de bloemen die ik had gekocht. "Dag Janet," hebben we gezegd, "we komen je nu halen."

Dat de bel nog zou ketsen, had ik wel gedacht, en de ademloze droge lucht woonde er nog steeds.

"Nee," zei Mr. Lace, "die vogel kan ik niet verkopen, die bewaar ik voor twee kleine kinderen uit de buurt hier, die ervoor sparen."

"Dat zijn wij, Mr. Lace," fluisterde Mary-Jane, "wij zijn groot geworden."

"O ja," zei hij, "o ja," en voorzichtig tilde hij Janet uit de etalage en begon haar met zijn handjes van verweerd marmer af te schuieren.

Daarna klemde hij de handjes als een overbodige victoriaanse versiering om de romp.

"Jullie moeten er voorzichtig mee zijn." Zijn stem sloeg over met een vreemd huilerig geluidje dat stootte tegen het stoffige zwijgen van de dieren.

"Ga nu maar weg," zei hij, en hij trok zijn handen met een rukje van de vogel, als hadden ze vastgezeten.

"Hoe laat is het?" vroeg ik haar.

"Het is avond," en wij wandelden naar het parkje, en ik droeg de paradijsvogel Janet op mijn linkerarm.

"Waarom ben je nooit teruggekomen?" vroeg ze, "waarom heb je nooit geschreven?"

"Niet vragen," zei ik, "niets vragen."

"Dominee Thubbs is vandaag gestorven," zei ze, en omdat ik niet antwoordde, dacht ze misschien dat het me niet kon schelen, en ze ging door: "Het was de hulpprediker, vroeger. Weet je dan niet meer dat je ook naar de diensten in andere wijken ging, als je wist dat hij daar een predikbeurt had? Ik was zo jaloers op hem, omdat ik dacht dat je meer van hem hield dan van mij – want als hij sprak, zag ik je zitten vanaf de meisjesbanken, maar je keek dan nooit naar mij, het was zelfs alsof je niet meer bij de andere jongens hoorde en er als een vreemdeling tussen zat, iemand waarmee iets bijzonders gebeurde."

"Is hij dood?" vroeg ik.

Zij knikte ja, en dat werd het einde van mijn droom. Ik zag haar verwazigen en vervagen, de buigingen en sierlijke lijnen van het gezicht nog een keer albasten opleven boven het tere verschoten oranjerood van de jurk, en zij vertrok van mij als een klein en droevig standbeeld met als zinloze ornamenten een bos bloemen, en een opgezette paradijsvogel.

Het wakker worden was ditmaal anders. Ik was niet blij, en zette zelfs de stoel niet voor de radio. Niet zozeer de herinnering van de droom was het die mij beschaduwde en bedrukte, als wel het besef van een vergissing, ergens gemaakt, en dit veranderde niet, want toen de bij een auto-ongeluk om het leven gekomen nieuwslezer al weer een paar dagen begraven was, had ik alleen nog maar besef van die vergissing, die ergens begaan moest zijn.

Nu droomde ik 's nachts van Mary-Jane, maar zonder inleiding. Het was makkelijk geworden onze straat binnen te gaan tot voor de etalage van Mr. Lace – zij kwam dan wel met Janet onder haar arm, en wij wandelden.

"Dominee Thubbs wordt morgen begraven," zei ze de tweede dag, en daarna; die andere dagen: "Dominee Thubbs is vandaag begraven, ik ben bij de begrafenis geweest."

De huizen luisterden groen en roerloos, ofschoon misschien niet eens naar ons, huizen weten dat tenslotte wel. En zij droeg haar versleten jurken van een tere oranjerode zij, en begroef dominee Thubbs elke dag opnieuw, terwijl de wind haar haar opgooide, en de dode veren van Janet overeind zette, als ging het over iets heel anders.

Avonden waren er genoeg, in die stad. Een beetje onzeker en schuchter streken ze neer om alles in te vullen met een vriendelijk donker, waarin Mary-Jane zeggen kon: "Het is vandaag een week geleden dat dominee Thubbs begraven is, weet je dat er platen van hem zijn? Ergens ligt de stem van dominee Thubbs, even ver weg en begraven als dominee zelf. Is het niet vreemd, de stem van dominee Thubbs op een ronde, zwarte plaat?"

"Nee," zei ik, "het is niet vreemd," en toen ik die dag wakker werd, besloot ik naar de straat te gaan waar ik vroeger gewoond had, en waar de winkel van Mr. Lace nog moest zijn.

Misschien had ik dat eerder moeten doen?

De straat was ver, en moeilijk te vinden, omdat het zo lang geleden was. De huizen zijn niet groen, dacht ik, en het deed pijn, want ze waren vuil en niet eens weemoedig. Het was een straat van armoede, waar de gordijnen troosteloze interieurs verborgen. Kinderen speelden er, omdat kinderen altijd spelen, en overal, maar het was een spel van nemen en terugnemen onder rauw geschreeuw.

"Weet je de winkel van Mr. Lace?" vroeg ik aan een jongen.

"Nee," zei hij, "er is hier geen Mr. Lace." De andere kinderen kwamen bij ons staan. "Er is hier geen Mr. Lace."

"Het was een winkel op de hoek," zei ik. Nee, er was geen Mr. Lace op de hoek.

"Wat was het voor een winkel?" vroegen de kinderen.

"Een winkel met dode vogels."

"Er is hier wel een winkel met één dode vogel, op de laatste hoek."

Ik liep erheen, en zag hoe Janet eenzaam en een beetje belachelijk stond te zijn tussen goedkope kruidenierswaren.

"Hallo, vreemdeling," zei haar stem achter mij, want al was het niet de stem uit de droom, ik wist dat zij het moest zijn.

"Hallo," zei ik, "waarom heb je je verkleed?"

"Verkleed," vroeg ze, "verkleed? Wacht even vreemdeling, ben jij de leukste thuis?"

Ze herkende mij niet, en als ik haar niet in mijn dromen gezien had, zou ik haar misschien ook niet herkend hebben. Ze had zich verkleed, ze was zelfs even groot als ik nu, want de zolen van haar schoenen waren dik, en de hakken te hoog. Over de eerste aanwijzingen van verval had ze haar gezicht te zwaar opgemaakt, en haar haar hing met een natte lok over haar voorhoofd.

"Heb jij geld, vreemdeling?" vroeg ze.

"Ja," zei ik, "ga maar mee naar binnen."

De man achter de toonbank groette, maar hij keek haar spottend aan.

"Wat is er van uw dienst?"

"Die vogel, ik wilde die vogel kopen."

Hij keek mij aan. "Daar heb ik lang op gewacht," zei hij. "Toen ik ruim tien jaar geleden deze zaak van Mr. Lace overnam, heeft hij gevraagd of ik dat beest in mijn etalage wilde laten staan, omdat er twee kinderen in de buurt waren die ervoor spaarden. Die kinderen zouden op de een of andere dag zeker komen, en daar zijn ze. Het ene kind ken ik, mag ik wel zeggen."

"Hou je kop," zei zij achter me, "...en het andere kind ken ik niet," ging hij door met zijn dunne onbewogen stem.

"Eigenlijk ben ik een beetje aan die vogel gehecht."

"Hier is het geld," zei ik, "schiet op."

"Mijnheer heeft haast," teemde hij, maar hij pakte Janet toch uit de etalage en zette haar op de toonbank. "Stom lijk," zei hij en hij sloeg erop, zodat het stof opwaaide.

Ik keek naar Mary-Jane. "Ik heb haar gekocht," zei ik, "ik heb Janet gekocht – het is misschien wel wat laat, maar ik heb haar gekocht."

"Hoeveel keer moet je kijken om alles te begrijpen?" vroeg ze.

Twee keer, dacht ik, de eerste keer, en nu. Maar ik zag hoe zij de vogel aan zijn poten van de toonbank trok.

"Godver," vloekte ze, "daar ga je," en het was alsof Janet

schreeuwde toen ze tussen ons in viel. De kop brak eraf en rolde naar de uitgestulpte afschuwelijke ingewanden van vergaan en stinkend hooi. Doder dan ooit staken de macabere, harde poten op het plankje in de lucht tussen het stof dat opvloog als bij een miniatuur bominslag.

"Rot op," zei Mary-Jane, en ik wist hoe ze als twee figuren uit een verderfelijke pantomime achter mij stonden, toen de bel ketste, omdat ik de deur uit ging.

"Heeft u het gevonden?" vroegen de kinderen.

"Ja," zei ik, "ik heb het gevonden."

Ik had het wél gevonden, en soms ga je dan liften. Wie weet kom je in Duitsland dan wel een jongen tegen die vraagt: "Heb jij een meisje gezien met een Chinees gezicht?" En waarom zou je dan niet samen gaan zoeken, het is toch een doel? Ja en soms zit je dan weer hier, van tijd tot tijd, en vertelt je verhaal, hetzelfde verhaal opnieuw aan iemand die toch niet luistert achter een gordijn.'

'Ik heb geluisterd,' zei ik, 'ik heb het allemaal gehoord. Ik wil naar buiten.'

In het voorbijlopen ving ik het beeld van de kamer – zij stonden daar gedrieën in de beate onpersoonlijkheid van primitieve beelden, dragende nostalgie, verdriet, verlangen. Ik haastte me van de trap, en liep de tuin in. Regenen deed het niet meer, maar er was een rumoerige wind die de bomen deed buigen als dronken hofdames, en wolken onbedaarlijk lachend langs de hemel zweepte.

Ik hoorde ze weer vertellen, ik zag ze weer, hun handen bewegend op het ritme van hun herinneringen. Eenzaamheid was het misschien die hen bevolkte als vliegen een kadaver, maar daar weet ik niets van, al denk ik dat de eenzaamheid waar de mensen zo over spreken, niet de echte kan zijn, en dat er een eenzaamheid zal komen die de mensen tekent, niet met een kaïnsteken, maar met een teken dat menselijkheid bewijst. Wij moeten er nog aan wennen, denk ik. Misschien is deze tijd alleen nog maar de verwachting van werkelijke eenzaamheid.

Nee, regenen deed het niet meer, maar doordat het zo waaide hoorde ik Heinz niet aankomen.

'Ken je de Nood Gods van Geertgen tot Sint Jans?' vroeg hij.

'Waarom kom je hier,' zei ik. 'Ik wilde hier staan. Ik wilde niet met jullie praten. Waarom kom je nu hier?'

'Ken je de Nood Gods van Geertgen tot Sint Jans?' vroeg hij weer.

'Nee,' zei ik, 'die ken ik niet.'

'Het gaat regenen,' zei hij, 'je moet onder de galerij komen.'

'Waarom? Ik wil in de regen blijven.'

'Anders kun je de Nood Gods niet zien.'

Wij liepen naar de galerij, tot waar het licht van het bovenvenster flauw naar beneden viel.

'Kijk,' zei hij, 'de Nood Gods,' en tussen de kalkachtige droogte van zijn magere handen hield hij een kleine reproductie. Het was een foto uit een tijdschrift, geplakt op karton.

'Het is gekreukeld,' zei ik, 'het is vies, ik kan het haast niet zien.'

'Er blijft genoeg over,' antwoordde hij, 'ik draag het altijd bij me, al jaren, het is mijn ontkenning. Kijk dan goed.'

Er staat een Christus, een opengeslagen man. In een meelijwekkend, kinderlijk gebaar tracht hij het bloed dat uit zijn zijde stroomt tegen te houden. De pijn op het gezicht van de geslagene, van zijn moeder en zijn vriend Johannes wordt op een wrede manier onderstreept, benadrukt door het kruis, dat grof en donker dwars over het doek is neergezet. Engelen met kleine gezichten vol droefheid dragen de lijdensattributen, vullen de ruimte, die nu te vol wordt, en een benauwenis, een verstikking gelegd om de starende ogen van de gekwelde man.

'Zie je het?' vroeg Heinz, 'dit is mijn ontkenning. Ontkenning, evenals hun ingetogenheid, hun sereniteit, als je wilt.'

'Wie hun?' vroeg ik.

'De andere monniken, zij die er waren, omdat ze geroepen waren, niet omdat ze bij elkaar wilden horen, zoals ik bij hen, niet vanwege de aantrekking van de liturgie, maar omwille van datgene wat daarachter staat. Niet dus zoals ik betoverd en vervoerd door de wonderlijke wijsheid van de psalmen, en nog meer door hun weemoedige intonatie, niet door gewaden en gebaren, maar door dit en dit en dit' – en hij wees op wonden van de Man op de kaart, zodat het was alsof hij ze opnieuw sloeg, door zijn felheid.

'Voor mij was hij een man die, hoewel dan onschuldig, geslagen en gekruisigd was, zoals zovelen in die tijd. Een heilige, misschien, een profeet, misschien, maar een god? Zijn goddelijkheid heeft me achtervolgd, al die tijd, omdat zij erin geloofden. Daarom had ik ook geen recht daar te zijn. Misschien nog wel als twijfelaar, maar zelfs dat was ik niet. Voor mij bleef hij de man met de wonden, de man met het verwijt vanuit zijn nood, voor hen was hij de man die geroepen had – o, ik wist wel wat er achter die gezichten stond, die ik voortdurend om me heen had, ingetogen als op primitieve schilderijen. De mens Christus als middelaar krachtens de hypostatische vereniging, ja, en zo het offer van zijn leven opdragend aan God tot verzoening van de zonden van het mensdom, hier op deze plaat, lijdend, en zij dit offer voortzettend, als priesters, hun priesterschap afhankelijk van zijn hogepriesterschap, maar ook zij een voortdurende Nood Gods.

Begrijp je? Ik was jaloers. Als ik het gekund had, zou ik ze gehaat hebben. Gehaat, niet omdat zij, zoals ik, om twee uur 's nachts opstonden. Niet omdat zij, zoals ik, droog brood aten, en nooit vlees, vis of eieren. Niet omdat zij zwegen, zoals ik, en het koud hadden in de gangen, en moe waren onder het landwerk. Nee, omdat zij een reden buiten zichzelf hadden om dit te doen, en ik niet. Daarom. Het klinkt misschien vreemd, maar in principe waren zij altijd buiten zichzelf, en ik nooit. Ik heb je verteld dat ik weg moest zodra ik mijn aanvallen kreeg. Ik had geen roeping, zeiden ze, en dan hadden ze twéé keer gelijk, al wisten ze dat niet. Gelijk, omdat de *canon* vereist een inwendige en een uitwendige geschiktheid. Mijn inwendige ongeschiktheid verborg ik, verloog ik, vergeef me. Maar mijn uitwendige ongeschiktheid was evident, en men volgt daar een zeer rechtlijnige redenering wat betreft de validiteit. Wanneer iemand die niet heeft, mist hij de uitwendige geschiktheid, ergo is hij door God *niet* geroepen. Priesters met één hand zijn door God niet geroepen, priesters met vallende ziekte worden door God niet geroepen. Wel veel erger moet dit zijn voor degenen die denken dat ze werkelijk geroepen zijn, geen bijlopers, zoals ik, een belachelijke in eigen ogen.

Ach, en wat die validiteit betreft, ik neem het ze niet

meer kwalijk – was de tijd normaal geweest, dan had ik trouwens eerst een doktersonderzoek gehad, voor ik erin kwam.'

Hij zweeg, en wij luisterden naar het kreunen van het huis, onder het hartstochtelijk strelen van de wind, en dan zei hij: 'Want tenslotte, mijn beste, een priester is een gebruiksvoorwerp.'

4

De volgende dag was een stille dag, want we waren er wel, maar we spraken niet, en later op de dag ben ik weggegaan. Ik zag ze slapen. Hun gezichten waren wonderlijk leeg na de verhalen van de nacht tevoren. Sargon lag met een zachte roze hand op de schouder van Heinz. Hij leek nu een beetje groot en onbeholpen als een van het altaar gevallen barokengeltje, plotseling gegroeid.

Hij werd wakker, en zocht mij met zijn ogen.

'Je keek naar mij,' zei hij.

'Ja,' antwoordde ik.

'Denk jij dat het leven kort is?' vroeg hij, maar toen ik antwoordde dat ik het niet wist, zei hij dat hij zeker wist dat het niet kort was, maar ontzettend lang, en dat hij daar altijd aan dacht als hij wakker werd.

'Neem hem,' wees hij, 'met hem ben ik samen, al meer dan een jaar.

Het leven is kort als gras, zegt hij altijd, maar het is niet waar. Hier, die magere handen, en dat witte zieke gezicht, dat al zo oud lijkt, al zo lang ken ik ze. En dacht je dat ik ze zou kennen, als ik ze niet zo lang gezien had? Ik ken hem, zoals een kind de weg kent die het elke dag moet gaan, naar school. Die boom, en dat huis, en die oude mensen etend voor het raam – en hier, die vlek op zijn rechterhand, de droogte van zijn huid en het oude aan zijn stem, het is me alsof ik een leven met mezelf heb doorgebracht en een met hem, en op den duur verzamel je zoveel levens, dat het is alsof ze op je schouders gaan zitten en drukken tot benauwenis, tot je gaat praten om ze weg te krijgen, maar ze blijven toch en tekenen je langzaam, ze tekenen hun zwaarte en benauwing over je gezicht, over je handen – heb je gezien hoe lelijk ik ben? De mensen die zeggen dat een jaar vlug voorbijgaat, vergeten dat ze een ander jaar nodig zouden hebben om te vertellen wat er in het voorbije is gebeurd. Ik ga slapen.'

Hij lag weer, en had zijn ogen gesloten, zodat zijn oogleden als stukjes vermoeid violet lagen op het bleek van de huid, en even later sliep hij weer, want hij smakte met zijn lippen, zoals sommige mensen dat doen die slapen, of kinderen.

Wat heb ik met deze mensen te maken? dacht ik. Het is alsof ze van een andere aarde komen, een vreemd land, want slapend verwijderden zij zich verder van mij, en verder, en ik dacht eraan om weg te gaan en het Chinese meisje te gaan zoeken, omdat ik haar gezien had in Calais, en omdat ze niet stil was blijven staan toen ik haar riep in de regen – omdat ik haar toen gezocht had, overal, in Calais en die andere steden, maar eigenlijk alleen omdat ik met haar wilde praten. Maar toen ik mijn rugzak gepakt had, zei Fey: 'Je moet nog niet weggaan, laat hen eerst gaan, ik wil dat je nog blijft.'

'Je sliep,' zei ik, maar ze antwoordde dat ze niet sliep, en dat ze niet wilde dat ik weg zou gaan.

'Morgen moet ik weer bloemen plukken, en je moet me helpen.'

'Ik kom terug,' zei ik, 'ik zal terugkomen. Ik zal mijn rugzak hier laten,' – en ik ben weggegaan, naar de stad Luxemburg.

De treinen die daar binnenkomen, gaan over een spoorbrug in de vorm van een hoog en sierlijk Romeins aquaduct. Avond was het, toen ik daar onderdoor liep naar Les Trois Glands, een hoog punt, vanwaar men ver uit kan zien. Maar nu was het donker, en het dal was een grote kom vol stilte, verrast soms door geluiden, avondlijk water? Misschien, of de maan, pratend. Ik kon niet gaan zitten, want op alle banken zaten mensen die van elkaar hielden, of de gebaren daarvan maakten. Nu ken ik de parken, en moeilijk is het niet, want je loopt steeds over hetzelfde kiezelige zand, dat kraakt onder je schoenen – trouwens, alle parken liggen aan elkaar, het Slottesparken in Oslo, het Luxembourg en het Vondelpark, en in Rome de Villa Borghese – je loopt erdoor over een heel lang pad, met banken aan twee kanten, en daarop de mensen. Het is een rei. De rei van de mensen op de banken in de parken, en de jongen die ertussendoor loopt, over het pad.

'Waarom stoor je ons,' zeggen zij. 'Dit was onze avond, hij was ervoor toegerust met stilte – met bomen misschien ritselend van geheimen. Dit was onze avond, de maan is er, koninklijk, en wandelt zwaarmoedig door geuren van bomen en aarde, raakt aan de geur van onze lichamen – en ergens, waar? sijpelt water.'

'Waarom zeggen jullie dat?' vroeg ik.

Zij: Zie je dan niet hoe wij plotseling verstijven in onze houding, als jij nadert, jij bent de indringer, de ongewenste.
Ik: Waarom houden jullie vast, wat je los moet laten? Want jullie strelen is sterfelijk, en je bezweert het niet.

Zij: En als je langs ons komt, zitten wij verstard, en dikwijls zijn wij belachelijk zoals wij zitten. Jij hebt je opgedrongen, jij bent een menigte.

Ik: Straks gaan jullie met elkaar mee, en misschien slaap je bij elkaar in een bed, als je het hier niet doet – je wordt dan wel wakker morgenvroeg, ja, één wordt eerder wakker dan de ander en ziet wat hij bemint of niet bemint, wat hij gestreeld heeft met handen en mond. In het licht wordt dat gezien, en het is vreemd, als vergroot, het is plotseling angstig, een vreemd lichaam dichtbij.

Zij: En als je voorbij bent, hoor je, hatelijk, hatelijk, het verschuiven van een voet op het pad, een voet die zich schrap zet, opdat het lichaam beter overbuige.

Ik: Ik loop tussen jullie door in alle parken van de wereld, ik loop tussen de liefde door, en ik begrijp het niet, je kunt jezelf toch niet verdelen. 's Morgens, als de werktijd begint, verlaat je elkaar, en de lichamen beginnen hun eenzame tocht, zo doet het gestreelde lichaam evenzeer als het mijne, het ongestreelde; ze verwijderen zich verder van elkaar dan de nacht ooit weer kan verzoenen of verenigen.

Zij: Wat wil je? Wij kennen onze onvolkomenheid – maar het is niet uit medelijden met eigen sterfelijkheid dat men liefheeft. Die wij hier bij ons hebben is de enige. Wij houden de enige tegen het licht van de avond en ze is een geheim, wij houden haar tegen het licht van haar geheim, en zij wordt omkleed met tederheid.

Ik: En deze enige, als je haar niet ontmoet had, toen en daar, dan had je een andere enige moeten vinden, want de wereld is vol enigen, omdat ze gevonden moeten worden.

Zij: Een enige wordt nooit gevonden, zij ontstaat. Haar gebaren openbaren haar, en zij ontstaat uit wat zij zegt, en wat wij daarvan horen, ze verkrijgt een gestalte door de aanleiding die zij daartoe geeft en door de kansen die wij haar geven, om aanleiding te geven.

Goed, wat wij strelen en vasthouden, is wat wij ontmoet hebben, toen en daar, maar wat wij daaraan kennen, hebben wij gemaakt.

Ik: Als ik doorloop, en doorloop, in de avond die zich ook voor mij heeft toegerust met heerlijkheid, die haar handen legt op de onrust van de dag en van het al te veel denken, als ik dan doorloop en ik zou een bank vinden, en ik zou daar gaan zitten met een ander, zou ik mezelf dan niet verliezen?

Zij: Dat is onmogelijk – je verliest jezelf niet, tenzij in onvermogen. Jouw angst is te imiteren, ons en onze gebaren, maar dat is onmogelijk, ieder heeft zijn eigen gebaar, zijn eigen woorden, en de eigen geur als een kengetal. Jij loopt hier niet eens met trots, maar met angst, en onvermogen, en het is niet goed tussen ons door te lopen en wat wij vanavond hebben opgebouwd te breken als sprokkelhout op het hart van je twijfel. Wij hebben maar weinig tijd. Nog een dag, en wij lopen hier, en het zal ons zijn of het bloed is opgedroogd; het lichaam, waaraan wij elkaar hebben gekend, begint het verraad ouderdom, dat onze herinneringen stukwrijft op dorheid.

Ik: Wat is dan uiteindelijk het verschil?

Zij: Dat men niet uiteindelijk leeft, men leeft nu. Nu, bij de gespannenheid van een lichaam, en de verfijning van een hand daarover; nu, bij de geheimtaal van een mond en het verlangen van een mond daarover.

Ja, zei ik, ja.

Fey wachtte op me toen ik bij haar huis kwam.

'Zijn ze weg?' vroeg ik, maar ze waren nog niet weg, de anderen.

We gingen zitten in haar galerij, en ze legde haar arm om mijn schouders.

'Nee,' zei ze, 'op de muur,' en we gingen naar de muur. Zij klom eerst en trok mij op, en zo zaten we op de muur, met onze gezichten naar het water. Ik denk dat we lang bleven zitten, zij met haar arm zwaar rond mijn schouders, af en toe de brede hand met de rode nagels bewegend over mijn mond. Later legde ik ook mijn arm rond haar schouders, zoals ik vroeger met mijn vriendjes van school liep, de armen om elkaars schouders, een geheim vertellend.

'Ha Fey,' zei ik, en ze lachte.

Ik vroeg: 'Is het niet vreemd om zo mooi te zijn?'

'Vreemd?'

'Ja,' zei ik, en ik legde mijn hand voorzichtig op haar borst. 'Je bent mooi, ik denk dat het vreemd is. Dat de dingen mooi zijn, is iets anders, maar als een vrouw mooi is, weet ze dat. Dat is iets heel anders.'

'Jij houdt niet van me, hè?' vroeg ze.

'Ik weet het niet,' zei ik, 'ik geloof het niet, maar ik kan het niet weten, want ik heb het nog nooit gedaan.'

'Je houdt van haar, denk ik,' zei ze.

Ik weet het niet, dacht ik, ik wil alleen maar met haar praten.

'Philip,' begon Fey weer.

'Ja.'

'Denk je dat ik te oud ben om te ballen?'

'Nee,' zei ik, 'ik denk het niet.'

'Soms, als hier niemand is, speel ik wel eens met mijn bal – ik loop hard over de binnenplaats en laat hem kaatsen, en tel de keren – soms gooi ik hem op tegen de muur, en vang hem dan weer. Ik heb die bal al heel lang, maar nu bal ik er alleen nog maar mee als ik weet dat niemand het ziet.'

'Ik wil wel met je ballen,' zei ik, 'het is nog niet zo lang geleden dat ik het laatst gebald heb.'

We klommen van de muur af en beneden legde ze weer haar hand in mijn hals, zoals toen bij de seringen.

'Denk je niet dat ik te oud ben om te ballen?' vroeg ze nog een keer.

'Nee,' antwoordde ik.

'Alleen kinderen ballen toch?'

'Kinderen ook.'

Ze drukte de nagels weer dieper in. Niet bijten, dacht ik, maar zij zei: 'We kunnen niet zien – het is toch nacht, de bal zal verloren raken, en dan vinden we hem niet meer terug.'

'Ga de bal maar halen,' vroeg ik, 'de maan is er toch.'

'Ja, de maan is er.'

Ze hield haar hoofd naar achteren en keek naar mij met halfdichte ogen. 'Ik heb met veel mannen geslapen.'

'Ja,' zei ik.

'Ik heb nooit meer gebald met een jongen, al die tijd.'

'Haal de bal dan.'

En ze knikte ja, en liep naar het huis, om de bal te halen.

Het was een grote blauwe bal, met gele strepen, en wij balden tussen de steenhopen, terwijl de anderen sliepen. Wij zeiden niets, en gooiden elkaar de bal zo hard mogelijk toe. Later hielden wij een wedstrijd, en zij won, want ze was lenig als een dier. Het was bijna dansen, als ze sprong om te vangen, of achteroverboog om te gooien. Een keer kwam ze naar me toe met de bal in haar handen. 'Ik denk dat de bal het geluk is,' zei ze, 'ik moet hem altijd vangen, maar gooi hem zo hard als je kunt' – en toen ze weer op haar plaats stond gooide ik de bal hoog en ver naar de maan, zodat hij een ogenblik koud en gevaarlijk schitterde.

'Hier is je geluk,' riep ik, 'je moet het vangen,' en zij sprong ernaartoe als een wanhopige grote vogel, haar armen als blinkende vleugels, en viel met de bal in haar armen.

'Doet het pijn?' vroeg ik, maar zij zei alleen maar: 'Ik heb hem,' en wij speelden verder, misschien uren, en daarna sliepen we in de galerij, want het was niet koud, die nacht.

Toen ik wakker werd, doordat de anderen naar beneden kwamen, zag ik dat Fey nog sliep, met haar rechterarm als een boog uitgestrekt, alsof er iemand was, of als een uitnodiging, en haar linkerhand had ze op de bal die tussen ons in lag, onnozel blauw en geel in het licht van de dag.

Heinz spreidde een grote kaart van Europa over de grond uit, en met een rood potlood trok hij een streep van Plymouth, over Parijs en Zürich, tot Triëst.

'Wat is dat?' vroeg ik, maar hij merkte Europa boven de streep met een I, beneden de streep met een II.

I is dus Engeland, het noorden van Frankrijk, verder Nederland, België, Luxemburg en Scandinavië, II is Frankrijk, Spanje, Portugal, Zwitserland, Italië en Joegoslavië.

'Tactiek,' zei hij, 'dit is eenvoudig een kwestie van tactiek. Jij bent I, en wij zijn II – jij zoekt in I, wij zoeken in II.'

Nee, dacht ik, ik zoek waar ik wil, maar ik kan daar wel heen gaan, dus ik zei dat ik het goedvond.

Heinz' rugzak was ingevallen, en plat, een wonderlijk bij

zijn drager passend, quichotteachtig attribuut. Hij streek met de punt van zijn tong over zijn droge lippen, en zei: 'Vaarwel, mijn beste,' en daarna maakte hij een beweging met zijn handen, alsof hij nog iets zeggen wilde, of doen, maar in ieder geval deed hij dat niet, en langzaam, als was zijn last zwaar, liep hij de oprijlaan af. Een keer draaide hij zich om, kijkend of Sargon nog niet kwam, en hij was bleek als de ochtend.

'Kom je, Sargon?' vroeg hij.

'Ik moet hem nog iets vertellen,' riep Sargon.

'Nee,' zei ik, 'ik hoor nu niet meer bij jullie, ik ben I, jullie zijn II, hij heeft het zelf uitgemaakt, ik hoef het nu niet meer te horen.'

Maar hij pakte mij bij mijn arm en trok mij zachtjes mee. 'Tot de grote weg?' vroeg hij, en tot de grote weg vertelde de brede rozige mond, en de bijna in het opgebold grijs van het gezicht verborgen ogen over Sargon – ja, dat hij gedichten gemaakt had, maar daarmee was opgehouden ten slotte, omdat hij zichzelf alleen maar had teruggevonden op het papier, ontwricht.

'Filosofie, heb ik geprobeerd,' zei hij en zo praatte hij, en hij praatte maar door, en ik hoorde Thomas van Aquino en de vijf godsbewijzen. Zeker, dat moest het zijn, had hij gedacht, dat sloot, maar Schopenhauers simplistische ontkenning van een Schepper had hem verward, alle wijsgeren hadden hem verward en door hun tegengestelde zekerheden onzeker gemaakt, bovenmate, want al was hij niet verder gekomen dan populaire beschouwingen over hun werk, de daarin aangehaalde citaten hadden een indruk op hem gemaakt, die hij beschouwd had als het aroma van de waarheid.

'Ik heb het opgegeven,' zei hij.
'Sargon,' riep Heinz. Hij was nu ver vóór ons.
'Ga maar terug,' zei Sargon. En wij groetten elkaar, en ik ging terug, naar Fey.

'Ze zijn weg,' zei ik, en zij heeft gezegd dat ik ook moest gaan, en daarom heb ik mijn rugzak gehaald boven, maar toen ik weer beneden kwam, was zij er niet om mij goedendag te zeggen. Misschien was zij over de muur geklommen, en was zij daar aan het bloemen plukken, of aan het ballen, ik weet het niet, in ieder geval ben ik weggegaan, en omdat ik 1 was, ging ik naar het noorden, en in het land van Maas en Waal heb ik gewerkt bij de kersenpluk, want mijn geld was op.

Met een ratel ging ik door de boomgaarden om de spreeuwen te verjagen. Hoeouhoeouhoeou schreeuwden wij, en we ratelden en sloegen op blik – en toen de kersenpluk gedaan was, ging ik naar het eiland Texel, om daar loof te trekken, en later bollen te rooien. Ik herinner me daar niet zoveel meer van – nat was de grond, 's morgens, droog en pijnlijk in de middag, als de zon hoog stond.

Wij lagen geknield over de grond en groeven de bollen uit met onze handen, waarna we ze in grote zeven legden, en schudden, zodat de aardklonten eraf geslagen werden. En dat het soms regende, herinner ik me, en dat wij dan gebogen lagen over de uitgestrektheid van het rooiveld, alsof wij de aarde liefkoosden, verlangend in haar terug te keren. Want al is het misschien niet waar, velen van ons denken soms eerder uit de aarde gekomen te zijn dan uit een vrouw.

Dat heb ik allemaal gedaan om geld te verdienen, want ik wilde haar verder gaan zoeken, en dat héb ik gedaan, in

Nederland, maar ik vond haar niet, daarna in Duitsland, maar ik vond haar niet – en zo was het september geworden, en het was herfst, en een vroege morgen, toen ik de grens overging, naar Denemarken.

En na de pascontrole bekeek ik het stempel – en zag: K R U S A A, Inrejst.

Ik keek om mij heen, en ze was er werkelijk.

5

Wie nu uit de pascontrole bij Krusaa komt, kan mij misschien nog wel zien, want ik sta daar rechts van de weg, bij het kreupelhout en ik zeg tegen haar: 'Dag, ik heb je overal gezocht.'

Ze droeg nu een jasje van zwart fluweel over de smalle corduroy broek, en in de kleine meisjesschoenen met bandjes had ze blote voeten.
'Is dat niet koud?' vroeg ik, 'blote voeten? Het is hier al herfst.'
'Ja,' zei ze, 'we zullen kousen kopen in Kopenhagen.'
'Misschien kunnen we ze wel eerder vinden, als we een lift krijgen die niet rechtstreeks tot Kopenhagen gaat. Maar doe tot zo lang een paar van mij aan.'
Dat heeft ze gedaan, want mijn voeten waren niet veel groter dan de hare – en daarna zijn we de weg op gelopen, zij met in haar linkerhand twee smalle, platte koffertjes, waarvan ze de hengsels bijeen had gebonden met veters, zodat ze ze makkelijker zou kunnen dragen. Aan haar rechterarm droeg ze een tas met kleren en dingen om te eten.

Onze eerste lift kregen we tot Aabenraa, en daar hebben we kousen gekocht en kaart gespeeld, in een café.
'Ik ga maar tot Haderslev,' zei de volgende lift, maar hij heeft ons tot Kopenhagen gebracht, al weten wij niet waarom, want hij sprak niet tegen ons. Middag was het nog,

toen hij ons meenam, en nacht, toen hij ons aan de uiterste rand van Kopenhagen afzette.

Omdat hij niet praatte, hebben wij ook niets tegen elkaar gezegd, alleen op de boot heeft zij tegen mij gesproken, nadat hij ons alleen had gelaten. Wij hingen achter over de reling, en keken naar het spoor dat het schip maakte in het water, en naar de lichten die in Nyborg werden aangestoken, omdat de avond er was.

'Wat doe jij graag?' vroeg ze.

'Ik lees graag, en ik kijk graag plaatjes, en ik rijd graag in een bus, 's avonds, of 's nachts, zoals wanneer ik een feest heb bij mijn oom Antonin Alexander.'

'En wat nog meer?'

'Aan het water zitten,' zei ik, 'en in de regen lopen, en soms iemand kussen.'

'En jij?'

Ze dacht even na, en dan zei zij: 'Op straat zingen, of op het trottoir zitten, en tegen mezelf praten, of huilen, omdat er een regen aankomt, maar dat kan allemaal niet, je kunt niet op een trottoir zitten om tegen jezelf te praten, want dat vinden de mensen gek, en dan moet je weggaan.'

'En wat doe je nog meer graag?'

'Denken dat ik zo ben als mijn grootmoeder.'

Hoe is jouw grootmoeder? dacht ik, maar zij zei het, voor ik vroeg: 'Ze is soms zelfs vreemd voor mij, want haar leven alleen maakt het moeilijk om met kinderen om te gaan.'

Je hebt helemaal geen grootmoeder, dacht ik, het is niet waar, want anders had Maventer het me wel verteld.

'Ze is nu oud, en rechtop, en meestal doet ze boos tegen ons, de kinderen. Wij zijn dan erg verwonderd. Ik vind dat verdrietig, want iedereen veroordeelt nu haar manier van leven, niemand begrijpt dat het een wild hart is, dat leeft en lijdt in zijn hoek, dat er zal sterven. Ik denk dat zij het meeste lijkt op de maand november. Ze hebben me verteld dat haar benen nu stuk zijn en vol schrammen, vanwege de wortels, de naalden en de boomstronken van de bossen, waarin zij wandelt, uren achtereen, en altijd alleen met een sikkel in haar hand. Ik ben haar wel eens gevolgd. Ze is als een dier, uit de bossen, een wild dier, dat een goede plaats zoekt om dood te gaan, alleen.'

Ik begreep dat dit het beeld was dat ze voor zichzelf gemaakt had voor als ze oud zou zijn, al weet ik dat niet zeker.

Het water schuimde op onder ons, en wij zagen het spelen met een maan die het schip bij wilde houden, maar later in de nacht, in de stad, was het dat óns spel werd geboren, want omdat het zo laat was, gingen we niet meer slapen. We namen een tram tot waar we water zagen, en het heette daar Nyhavn.

'Daar is een bootje,' zei ze. We lieten onze bagage op de kade staan en gingen erin zitten.

'Hoe heet jij?' vroeg ik, maar ik wist wel dat zij Marcelle heette, omdat de man Maventer het mij verteld had.

'Je moet nog een naam voor me maken,' zei ze, en ze draaide zich naar mij toe, heel vlug – zodat het bootje en het water even schommelden, en vreemd en strak werd het oude ivoor van haar gezicht voor mijn ogen.

'Je bent nu zo dichtbij,' fluisterde ik, 'mag ik je gezicht vasthouden?' En omdat zij niet meer antwoordde, legde ik mijn handen om haar gezicht, want daar waren ze voor gemaakt, de vorm van de hoge jukbeenderen groeide in mijn handpalm, en 'doe je ogen dan dicht' zei ik, 'doe je ogen dicht' om haar te kussen op haar oogleden die trillend over de ogen sloten, paars als die bloemen die je soms ziet aan de rand van moerassen in het zuiden, maar waarvan ik de naam niet meer weet.

'Ik noem je Champignon,' zei ik, en daarna liet ik haar los, voorzichtig, bang dat mijn handen pijn zouden doen, en haar gezicht, maar zij lachte plotseling, zodat haar gezicht overtrokken werd met liefelijkheid, terwijl het licht speelde op haar tanden, zichzelf verborg en achtervolgde onder de ogen die groot waren, en nog steeds onbegrijpelijk.

'Wat zit er in die koffertjes?' vroeg ik, en ik dacht dat zij het misschien niet zou willen zeggen, omdat ze ook haar naam niet had gezegd, maar zij maakte de veters los waaraan ze de koffertjes had gedragen, en opende de koffertjes.

'Dit is mijn gevolg,' zei ze. 'Ik ga hof houden.' En daarna werd zij een prinses.

Het was een kleine grammofoon met platen.

'En dit is ook mijn gevolg,' zei ze weer, en wees op een klein boekje, dat boven de rand van haar jasje uit stak. 'Zal ik ze roepen?'

Ja, dacht ik, en ik zei het: 'Roep ze maar.'

'Maar dan moet jij het jouwe roepen.'

Ik heb geen gevolg, wilde ik zeggen, maar ik dacht aan alles wat de man Maventer me over haar had verteld, en daarom antwoordde ik: 'Ik denk wel dat ik ze ook zal roepen, ik denk het wel.'

'Je hebt toch wel een boekje?'

'Ja,' zei ik, want hoewel de meeste mensen het vreemd vinden als je gedichten leest, dacht ik dat zij er misschien niet om zou lachen, en ik liet haar mijn kleine boekje zien dat ik altijd bij me heb, en waarin ik de gedichten schrijf die ik mooi vind.

'Goed,' knikte ze, 'het is zoals het mijne, en het is een goed gevolg, un très noble cortège. Heb je een kam?'

Ik gaf haar mijn kam, en zij kamde zich en schikte haar kleren, en ze zei dat ik dat ook moest doen.

'Waarom?' vroeg ik, maar zij antwoordde daar niet op, en wilde weten waar wij waren.

'In een bootje,' zei ik, 'in de Nyhavn, Kopenhagen.'

'Ja,' zei ze, alsof ze dat erg belangrijk vond, 'en we hebben nu ons haar gekamd, ik denk wel dat we het gevolg kunnen ontvangen,' en ze zette een plaat op, het Cortège uit een sonate van Domenico Scarlatti en het was even een vreemd gezicht om de drie boten te zien komen aanvaren uit de Havngade, want ze waren versierd met asters en scabiosa, en op de eerste boot, die was gepavoiseerd met de kleuren van de herfst, zat het kamerorkest roerloos – misschien bewoog het zilver van een pruik onder het licht, of het kant van een jabot, maar dat was niet belangrijk, zij zaten als beelden, terwijl de klavecinist het Cortège speelde.

'Het is Scarlatti zelf,' fluisterde ze, en ik dacht eraan dat dit de man was die wel eens bij mijn oom Antonin Alexander op bezoek kwam en aan wie ik een keer was voorgesteld, zonder hem te hebben gezien.

'Zijn de anderen er ook?' vroeg ik haar, maar er waren alleen die componisten van wie zij een plaat had.

'Die met dat rode haar, daar achter, dat is Vivaldi,' wees ze, en ik zag dat ze even kleurde toen hij boog terwijl ze naar hem wees.

De boten kwamen langszij. 'Als je in je boekje kijkt, herken je ze,' zei ze, 'kijk maar,' en ze legde het boekje open op haar schoot. Ik zag hoe de mannen zacht met elkander praatten, en dat er bij waren in kostuums van tijden die allang voorbij waren, en eigenlijk vergeten, dat sommigen oud waren en erg moe, dat eigenlijk al deze gezichten iets ouds hadden.

'Daar is Paul Eluard,' ze stootte me aan, en ik zag hem en fluisterde: 'Waarom is hij hier?'

Ze wees in haar boekje, en toen de wind even het licht niet wegwuifde, kon ik het citaat zien.

avec tes yeux, je change comme avec les lunes
en
Pourquoi suis-je si belle?
Parce que mon maître me lave.

Hij gaf ons een hand, en kwam even bij ons zitten, en hij praatte met ons – zo heb ik op die avond met veel mensen gesproken, want ik stelde haar de mannen voor uit mijn gevolg, zoals E.E. Cummings, omdat die het gedicht geschreven heeft 'somewhere I never travelled, gladly beyond any experience, your eyes have their silence,' en omdat dat gedicht eindigt: 'the voice of your eyes is deeper than all roses, nobody, not even the rain, has such small hands.'

O ja, daar waren al die andere namen, van mij Becquer, uit Spanje, 'yo de ternura guardo un tesoro', en van haar 'mas non sai quoras la veyrai, car trop son notras terras lonh', en met de man die dat geschreven had, sprak ze in de taal die ik gehoord had in het dorp bij Chez Sylvestre en uit zijn kleding begreep ik dat het een troubadour moest zijn. Het was Jaufre Rudel en bij hem waren Arnaut Daniel, en Bernard de Ventadour.

Zo was dit een wonderlijke avond, want de stad zweeg achter ons, en als het orkest niet speelde, spraken de mannen in de drie boten die als een hoefijzer rond ons kleine bootje lagen, en tegen de zachte muziek heeft Hans Lodeizen weer gezegd

> ik woon in een ander huis;
> soms komen we elkander tegen
> ik slaap altijd zonder jou
> en wij zijn altijd samen.

en zelfs Paul van Ostaijen was gekomen, met zijn Arlequin in watergroen en Colombine in versleten roze uit de onbeduidende polka.

Zo heeft zij die nacht hof gehouden in de Nyhavn, en tegen de morgen, toen de stad bleek begon te worden, zijn de boten weggevaren, en wij zijn langs het water teruggelopen, naar de mensen.

Toch heb ik niet eerder gezegd dat ik van haar hield dan misschien een week later, want toen had ik haar gezien tegen zon en regen – horend bij de een of andere zeewind, of zacht pratend in de kou van de eerste morgen, als wij niet geslapen hadden. 's Nachts heb ik haar gezien, in de broeierige warmte van een vrachtwagen over de wegen van Zweden, slapend op mijn schouder, en wij kenden elkaar omdat wij bij elkaar waren, wegvarend van Elsenör met Hamlets kasteel in de rug en slapend in de bossen bij het Varnameer, waar de nachten geheimzinnig zijn van ouderdom, en wij de boosheid van Loki vermoedden achter bizarre en onheilspellende schaduwen.

In Stockholm heb ik het dus gezegd, en wie weet zou ik het ook toen niet gedaan hebben, als het niet geregend had – want ik dacht niet dat zij van mij zou houden, en dan moet het niet gezegd worden. Maar het regende, en omdat wij altijd het water opzochten, lagen wij onder een brug, de Kungsbron, verscholen voor de regen in een nis, gespaard tussen het wegdek en de langzame boog waar de brug op rust.

De auto's reden boven ons en ik zei 'je t'aime', maar zij deed haar ogen open, zij tastte naar mijn gezicht en streek er even over, voor ze antwoordde – als dat een antwoord is – 'bien sûr.'

Daarna lagen we stil, heel lang denk ik, tot zij weer begon te praten.

'Weet je dat ik wégga?'

'Nee,' zei ik, 'dat wist ik niet,' en ik wist dat ik dit spel ging verliezen, omdat ik van haar hield, omdat wij in elkaar pasten als handen, en zij toch weg zou gaan.

'Weet jij,' vroeg ze, 'dat het leven een liefelijke aangelegenheid is?' Maar voor ik antwoord kon geven, ging zij door met praten.

'Jij zult wel doorgaan met zoeken naar de kleinste zekerheden, denk ik, en doorgaan met je aan de mensen te hechten, en aan plaatsen, en bovenal, je zult doorgaan met de wereld liefelijk te vinden, want dat heb je altijd gedaan.

Ik doe dat ook, al weet ik nauwelijks wie ik ben, en zeker niet waarom ik hier ben. Misschien alleen om me te verwonderen, en naar de mensen te kijken, en te zien dat het leven zijn eigen troost is, al denk ik dat je dat alleen kunt zien als je gelooft dat deze wereld de slechtste is, hopeloos en verdrietig en tot de ondergang bestemd, maar daardoor juist zo verwonderlijk, de tederheid opwekkend, en liefelijk, bovenmate.'

Ze zweeg en ik tilde haar een beetje op, zodat ze in de

boog van mijn arm zou kunnen liggen. De regen ging door en bloeide voor de nis als platen voor een raam, en ik dacht dat de liefelijkheid van de wereld met alle mensen opnieuw begint, dat zij niet te duiden is, en verder dat het is zoals mijn oom Antonin Alexander heeft gezegd, 'er woont een paradijs tegenaan'. En dat wil ook verwonderlijk zijn, zag ik, de tederheid opwekkend, omdat wij fragiel zijn, mislukte goden, en van tevoren verloren, ieder van ons. Maar we kunnen altijd spelen, iedereen kan spelen.

Het was vreemd om van haar te houden, vreemd trouwens om van iemand te houden, want ik had het nog nooit gedaan. Ik merkte alles aan haar op, aan haar gezicht, dat ik soms voelde, alsof ik het opnieuw maakte met mijn handen, aan de dingen die zij zei en niet zei, aan de manier waarop ze zich klaarmaakte om hof te houden, als ze haar haren kamde, en haar lippen verfde met een penseeltje. Ze deed dat zo ernstig als een kind dat met grotemensendingen speelt. Het laatste gebaar van het ceremonieel was altijd dat ik de zachte huid achter haar oren bestreek met Ma Griffe, van Carven.

De volgende dag hebben wij aan de Saltsjön gezeten, onder de zware eiken van Djurgarden, kijkend naar de schepen die van en naar de Oostzee voorbijvoeren, en kraaien waren het die boven ons schreeuwden, de winter luidkeels afkondigend, want overal sprak de herfst, vooral de volgende dagen, op het land, toen wij naar het Noorden trokken.

Nu moest ik haar nog gaan verliezen. Die avond dat het stormde.

Door Lapland omhooggegaan waren wij langs de kusten

van Noorwegen naar beneden, tot aan de Nordfjord gekomen. De bergen, vóór aan de fjord in elkaar gedrongen tot machtige dieren, dreunden en scholden met de storm, en wij hoorden het water roepen en schreeuwen. De regen sloeg ons, en elkaar vasthoudend liepen wij naar een schuur die wij vanaf de weg hadden gezien.

Ik stak mijn lantaarn aan, en ik zag dat ze naar mij keek, ik zag misschien voor het eerst in haar ogen een kleur van bloedjaspis.

Ze keek naar mij, zoals ze gekeken had toen zij een keer een beetje ziek was, in het Noorden, bij Abisko.

'Ben je ziek?' had ik toen gevraagd, 'of ben je alleen maar verdrietig,' maar zij lachte, en antwoordde: 'Oh, mais tu sais que les filles ont des ennuis chaque mois.'

Nu zei ze: 'Wij zijn verdrietig.'

'Ja,' zei ik, 'want jij gaat weg.'

Wij stonden van elkaar af, en plotseling liep ze op mij toe. Ik ving haar op en legde haar neer en kuste haar. Ik hield haar vast, alsof dit haar kon beletten weg te gaan, want ik wist dat ze zou gaan, ik wist het; dat ik haar gezocht had, en gevonden, dat ze bij mij hoorde, en dat ze toch weg zou gaan, alleen.

Zij streelde mij over mijn rug, terwijl ik haar in mijn armen hield en haar haar tussen mijn lippen nam, en het proefde.

Misschien is het wel lang dat we zo gelegen hebben, ik bezig haar te verliezen, zij bezig weg te gaan.

'Nu moet ik opstaan,' fluisterde ze, 'nu moet ik weggaan.'

'Nee,' antwoordde ik. 'Het kan niet, het regent, en je zult ziek worden.'

'Je weet dat ik wegga,' zei ze, 'je weet dat ik alleen moet zijn, ik kan niet bij andere mensen blijven, en er wonen.'

'Bij mij toch wel,' zei ik, 'bij mij kun je wel wonen. Met mij kun je toch spelen, altijd? Ik kan de dingen veilig voor je maken – wij hebben nu toch ook samen gespeeld, een reis lang.'

'Ik weet het' – ze hield mijn hand vast. 'Jij bent de enige bij wie ik zou kunnen wonen, maar ik wil het niet, ik wil alleen blijven en je weet het.'

Ja, dacht ik, ik weet het.

'Zul je terugkomen?' vroeg ik, maar ze zei dat ze niet terug zou komen.

En ik heb haar laten gaan.

Ik huilde. 'Het regent,' zei ik, 'het regent' – maar zij heeft niets meer gezegd, ze heeft me alleen maar met twee handen achter in mijn hals gepakt en me op mijn mond gekust, lang, en daarna is zij naar buiten gelopen, en mijn handen aan de deur geklemd zag ik haar verdwijnen. Soms scheen de maan op haar, van achter veel wolken, en dan was ze als een meisje dat van de maan is gekomen, maar teruggaat, uit heimwee.

Ik zag het, en ik riep: 'Je moet terugkomen, kom terug, want het is overal hetzelfde,' tot ik haar niet meer kon zien, en ik er alleen nog maar was.

Lang of niet lang daarna ben ik teruggegaan naar mijn oom Alexander.

'Ben jij dat Philip?' vroeg hij, toen ik de tuin binnenkwam.

'Ja oom,' zei ik.

'Heb je iets voor me meegebracht?'

'Nee oom,' zei ik, 'ik heb niets voor u meegebracht.'

juni – september 1954

Nawoord

door Rüdiger Safranski

In 1954 schreef Cees Nooteboom als twintigjarige de roman *Philip en de anderen*, op een moment, zoals hijzelf zegt, dat hij nog weinig van de wereld had gezien. Het boek baarde in die dagen opzien, omdat het zo springlevend en romantisch was en zich niets aantrok van de realistische traditie in de Nederlandse literatuur.

Er ging een betovering van dat boek uit die kennelijk kon doordringen tot in een klein stadje in Zuidwest-Duitsland, Rottweil. Ook ik was nog jong, een scholier, toen ik in 1962 in een kleine boekhandel op dat wonderschone boek stuitte, dat in de Duitse vertaling *Das Paradies ist nebenan* heette. Ik had meteen het gevoel dat niet ik een boek gevonden had, maar een boek mij. Zo gaat het waarschijnlijk altijd met een leeservaring waarin de macht van het lot meespeelt. Die roman werd mijn persoonlijke cultboek. Mijn enthousiasme werkte aanstekelijk op mijn vrienden, en telkens als ik verliefd raakte, las ik eruit voor.

E.T.A. Hoffmann heeft ooit gezegd dat we van boeken die ons na aan het hart liggen graag geloven 'dat Onze-Lieve-Heer ze laat groeien als paddenstoelen'. Het zijn boeken die je zo het verhaal in trekken dat je graag aanneemt dat ook de schrijver erin verdwenen is. In de jaren zestig en zeventig hoorde ik in elk geval niets meer van Nooteboom. Ik dacht dat hij dood was. Niet erg, dacht ik, zo'n boek is een levenswerk, dat moet voldoende zijn.

Op een dag in 1988 zei mijn vrouw, aan wie ik *Das Paradies* ook had voorgelezen: Maar Nooteboom leeft nog, hij leest vanavond in de boekhandel voor! Intussen waren *Rituelen* en *In Nederland* in Duitsland verschenen, maar dat was mij ontgaan. Ik spoedde me naar de voorleesavond, en toen ik daarna de schrijver mijn oude, versleten exemplaar van *Das Paradies* voorlegde met het verzoek om een handtekening, trok hij mijn biografie van Schopenhauer uit zijn zak. Hij had die net in de boekhandel uitgezocht, natuurlijk zonder me te kennen. Die avond begon onze vriendschap in het echt, nadat die in de fantasie - bij mij - al vele jaren had bestaan.

Wat is dat voor een boek, waarvan de magische werking op afstand de fundamenten van onze vriendschap legde?

Het is het verhaal van Philip die door Europa lift, vreemde mensen ontmoet en op zoek is naar een meisje met een Chinees gezicht dat hij nooit heeft gezien en alleen uit de verhalen van een weggelopen monnik kent. Hij zal het meisje uiteindelijk vinden, maar alleen om haar weer kwijt te raken. Een romantisch boek, waarvoor de schrijver een motto van Paul Eluard heeft gekozen: 'Ik droom dat ik droom.' Het vertellen wordt hier gepresenteerd als de kunst het ontwaken uit te stellen. Wat triomfeert, is het absolutisme van de poëzie. Het Chinese meisje vertelt in het verhaal van de monnik Maventer in het verhaal van Philip in het verhaal van de jonge Nooteboom - driemaal afgeschermd van de werkelijkheid buiten het verhaal vertelt ze dus haar verhalen en tekent daarbij een cirkel in het zand, een domein van de betovering, waar 'een onverdraaglijke bezetenheid zich van het landschap meester maakte, en de dingen een adem kregen en leefden met haar, onverdraaglijk'. Het wordt de weggelopen monnik Maventer te veel, hij doorbreekt de magische cirkel, en het Chinese meisje kan hem alleen nog maar naroepen: 'Je bent bang omdat jouw wereld, jouw veilige wereld, waarin je de dingen kon herkennen, is weggegaan, omdat je nu ziet dat de dingen zich elk ogenblik opnieuw scheppen, en dat ze leven. Jullie denken altijd dat jullie wereld de ware is, maar het is niet waar, het is de mijne, het is het leven achter de eerste, de zichtbare werkelijkheid, een leven dat tastbaar is, en trilt - en wat jij ziet, wat jullie zien is dood.'

Een blijmoedig geloof in de poëtische magie, dat in de latere verhalen van Cees Nooteboom zo niet meer te horen is. Het verlangen en de wens om in de eigen beelden te verdwijnen wordt later ironie, waardoor werkelijkheid en poëzie elkaar relativeren. Je zou kunnen zeggen dat het lot van de historische romantiek zich nog één keer voltrokken heeft in de moderne auteur Cees Nooteboom: de frictie tussen romantisch verlangen en even romantische ironie.

'Door het gewone geheimzinnig te maken, romantiseer ik het,' heeft Novalis ooit gezegd, en daarmee heeft hij het bedrijfsgeheim van de hele romantiek onthuld. De romantiek is verliefd op het geheimzinnige en het wonderbaarlijke, maar weet ook dat ze dat geheim en dat wonder niet moet vinden, maar uitvinden. Ironie is het bewustzijn dat we uitvinden, terwijl we in onze argeloosheid denken iets te vinden.

De houding van de verteller in *Philip en de anderen* tegenover het wisselspel van vinden en uitvinden is nog niet ironisch maar weemoedig. Hij wil dat de betovering in de dingen en de mensen zit, dat het er niet bewust in wordt gelegd. Het is voor hem een teleurstellende ervaring dat de werkelijkheid achter de werkelijkheid misschien alleen maar in onze verbeelding bestaat. De romantici hebben die spanning tussen werkelijkheid en fantasie geïnterpreteerd als 'dupliciteit van alle zijn' - zo luidt de uitdrukking bij E.T.A. Hoffmann, die vaak personages uitbeeldt die niet erg afgerond zijn en daarom altijd naar het fantastische ontsnappen. Net als Philip bij Nooteboom overkomt het hun herhaaldelijk dat ze verliefd worden op een vrouw over wie ze hebben horen praten of van wie ze een portret hebben gezien. Dat is een romantisch motief, net zoals Philip via de verhalen van de weggelopen monnik Maventer het Chinese meisje leert kennen en het dan in de werkelijkheid gaat zoeken.

De 'dupliciteit van alle zijn', de spanning tussen fantasie en werkelijkheid, maakt van het leven een dans op het slappe koord. Je kunt elk ogenblik naar beneden storten: in de hermetische wereld van het imaginaire, wat overigens zelden voorkomt, in een poëtische waanzin, in een gesloten fantasiewereld; je spint je in de werelden van je verbeelding in en probeert de werkelijkheid buiten te houden, je trekt een magische cirkel om je heen, een immuunsysteem dat de eisen van de werkelijkheid elimineert.

Maar veel vaker stort je in de even hermetische, maar veel benauwender wereld van een ontnuchterend realiteitsprincipe, dat alleen maar de plichten van de buitenwereld kent. Dat is dan de rationele waanzin van de harde realiteit.

De een gaat ten onder aan de fantasie, de ander aan de werkelijkheid. Ze kunnen de verscheurende spanning tussen fantasie en werkelijkheid niet aan, de 'dupliciteit', die E.T.A. Hoffmann als volgt heeft beschreven: 'Er bestaat een innerlijke wereld en er bestaat de geestelijke kracht hem in volle helderheid te schouwen, in de volmaakte schittering van het volle leven, maar het is ons aardse erfdeel dat juist de buitenwereld, waarin we opgesloten zitten, als de hefboom werkt die genoemde kracht in beweging zet. De innerlijke verschijnselen lossen zich op in de kringen die worden gevormd door de uiterlijke verschijnselen om ons heen en waarboven de geest, duister en geheimzinnig vermoedend, alleen maar kan zweven.'

Het bewustzijn van die 'dupliciteit' drukt zijn stempel op de roman *Philip en de anderen*: de fantasie wordt niet aan de werkelijkheid prijsgegeven en de werkelijkheid niet aan de fantasie, de spanning blijft bestaan en wordt met een gevoel van weemoed verdragen. De geest van deze roman is op sympathieke wijze nog te serieus voor een kalme ironie jegens de pijnlijke tegenstrijdigheden.

De wonderlijke oom Antonin Alexander met zijn joodse kapje en zijn ringen, waarvan het goud koper is en de robijnen en smaragden slechts rode en groene stenen, die oom geeft de knaap bij zijn eerste bezoek een lesje dat hij nooit zal vergeten: we zijn mislukte goden, zegt hij, 'wij zijn geboren om goden te worden, én om te sterven; dat is krankzinnig (...) Maar toch blijven wij altijd wel ergens steken.' De oom zwijgt, en na een poosje staat hij op en zegt: 'Kom, wij gaan een feest vieren.' En dan wordt er een van die 'feesten' gevierd waarmee de roman bezaaid is als met bloemen.

Wat is een 'feest'? Het is een klein, bescheiden ritueel dat de 'geheimzinnige vermoedens' uitbeeldt waarover Hoffmann het heeft, iets wat tegelijk ontzagwekkend en teder is, verheven en simpel, bijvoorbeeld wat Philip graag wil: "'s Avonds laat in een bus rijden, of 's nachts (...) aan het water zitten (...) en in de regen lopen en soms iemand kussen.'

Het eerste feest viert Philip met zijn oom Antonin Alexander en het laatste met het Chinese meisje. In Nyhavn bij Kopenhagen klimmen beiden 's nachts in een bootje. Ze geven elkaar nieuwe namen en ontvangen hun gevolg, de schrijvers en componisten van wie ze houden. Op het eind zijn ze omringd door een paar boten met oude mannen, een klein orkest, je ziet de roodharige Vivaldi, en Scarlatti met zijn zilveren pruik in het maanlicht. Als de muziek wegsterft, hoor je het gemompel van de mannen in de boten, 'en tegen de morgen, toen de stad bleek begon te worden, zijn de boten weggevaren, en wij zijn langs het water teruggelopen, naar de mensen.'

Hoeveel werkelijkheid zit er in zulke feesten?

In deze eerste roman zijn de 'feesten' arrangementen die leven van de kracht van de fantasie en als het ware uit het alledaagse leven worden gesneden. De cirkel die het Chinese meisje om zich heen in het zand trekt, is daarvan een symbool.

Maar de verbeeldingskracht kan nog machtiger zijn, ze trekt niet alleen een tovercirkel, maar infecteert de werkelijkheid dermate dat uiteindelijk het verzonnene en het gedroomde iets wordt waar niet meer aan gewrikt kan worden zonder de werkelijkheid ten val te brengen. Die ontdekking bepaalt het latere werk van Nooteboom. Hoe zouden, vraagt hij in een essay over de Europese literatuur, de werkelijke personages 'de problemen van hun korte, vergankelijke levens aan elkaar uit moeten leggen als ze niet de beschikking hadden over de sleutelwoorden die de verzonnen personen ze, in de vorm van hun namen, voortdurend aanreikten? Was het nog mogelijk om over de twijfel te spreken zonder Hamlet uit zijn slaap te wekken; kon iemand het nog over sommige vormen van promiscuïteit hebben als Don Juan niet bereid was dag en nacht overwerk te verrichten; stond Josef K. niet achter elke derderangs journalist die meende dat hij iets op moest merken over de bureaucratie of de verschrikkingen van de totalitaire staat?'

Inderdaad: we kunnen onze natuur niet scheiden van onze cultuur. Wat we beleven en doen, ook in onze houding tegenover onszelf, speelt zich af binnen de horizon van de grote verzonnen verhalen, waarvan we de invloed op ons voor onszelf houden. Nog tot voor kort verwezen we altijd naar het mythische verhaal van Oedipus om onze duistere obsessies en complexen gestalte te geven, en we zullen nooit achterhalen of er zonder Oedipus ooit een Oedipuscomplex was geweest. Niet alleen in onze psyche, ook in de politiek domineert het verhaal. Het reëel existerende socialisme of het fascisme waren grote, gruwelijke verzinsels, mythen die de werkelijkheid hebben georganiseerd en er bezit van hebben genomen. Waar we ook kijken – overal fantasieën. En in welke wereld leven de mensen die van de vroege ochtend tot de late avond naar de televisie kijken? Hoe werkelijk is de werkelijkheid in het tijdperk van de telecommunicatie? Het universum van de verzonnen verhalen breidt zich uit, en waarschijnlijk hebben de macht en de invloed van de poëzie het intussen moeilijk omdat ze een overweldigende, zij het triviale concurrent hebben.

Als Nooteboom in zijn boek over Spanje, *De omweg naar Santiago*, over Cervantes nadenkt, herinnert hij aan het heroïsche tijdperk van de literatuur, toen die nog de onomstreden koningin van de wereld van de fantasie was. Hij vertelt hoe hij de sporen van Cervantes wil volgen en toch steeds weer terechtkomt in het spoor van Don Quichot, Dulcinea en Sancho Panza, alsof zij en niet Cervantes werkelijk hebben geleefd. Van Don Quichot weten we in elk geval hoe hij eruitziet, van Cervantes niet, en het huis van Dulcinea met de liefdevol behouden inrichting is nog altijd te bezichtigen. 'Voor iemand die van schrijven zijn leven gemaakt heeft een wonderlijk moment. Het echte huis binnengaan van iemand die nooit bestaan heeft is geen kleinigheid.'

Don Quichot heeft zich zoals bekend door zijn verbeeldingskracht laten misleiden: hij zag windmolens voor reuzen aan. Maar omdat die ridder van de droevige figuur intussen werkelijker is dan zijn bedenker, heeft de verbeelding op het eind toch getriomfeerd. Als een held van de verbeeldingskracht heeft Don Quichot via de omweg van de receptiegeschiedenis gelijk gekregen: het waren toch reuzen en geen windmolens. En hij heeft ze overwonnen.

Zulke ideeën ontwikkelt Nooteboom, die intussen aan de andere kant van de romantiek is beland, van de weemoed naar de kalme ironie.

Zo was het met hem gesteld toen ik hem persoonlijk ontmoette. Ik was verbaasd hoe afstandelijk hij over zijn eerste boek sprak. Een 'dweperig boek' noemde hij het. Ik voelde de behoefte de roman tegen zijn auteur in bescherming te nemen. Naar ik vernam is hem iets dergelijks overkomen met studenten op Berkeley: 'Ze waren gewoon boos op me,' vertelde hij, 'en ik kreeg opeens het gevoel dat de schrijver van toen tussen hen in zat en partij voor hen gekozen had, tegen mij, de oude schrijver.'

Wat was er intussen gebeurd? Nooteboom vertelde hoe hij tot dat boek gekomen was en wat eruit was voortgekomen.

Hij had voortijdig een katholieke kloosterschool verlaten – daarom spoken er weggelopen en niet-weggelopen monniken door zijn verhalen en daarom ook zijn spel met de metafysica –; hij 'paste' er niet, zoals hij zegt, het ceremoniële trok hem aan, maar het dogma niet. Hij verdiende zijn eerste geld bij een bank in Hilversum. Na liftend door Frankrijk te zijn getrokken schreef hij in 1953 in één ruk het eerste hoofdstuk van *Philip en de anderen*. Een uitgever had belangstelling en gaf hem een voorschot. Hij kon de roman voltooien en baarde er in Nederland opzien mee.

Met dat 'onschuldige boek' was Cees Nooteboom dus plotseling schrijver geworden. Lichtelijk beroemd en geroemd liep hij door Amsterdam, een 'dandy zonder geld', zegt hij, met een fluwelen jasje, een fleurige sjaal en een wandelstokje. Hij maakte zich snel uit de voeten, in zekere zin volgt hij het spoor van zijn romanpersonage, want hij monstert, om een Surinaams meisje, aan als lichtmatroos en vaart naar de Caraïbische Zee, schrijft gedichten, reportages en korte verhalen. Maar dat eerste vederlichte, poëtische boek was een zware last voor hem geworden. Ik probeer dat te begrijpen: publicatie kan ook een soort onteigening zijn. Wat iemand ooit naar buiten heeft gebracht, komt hem nu van buitenaf tegemoet, als een dwang tot schrijven, alleen omdat hij er ooit mee begonnen is. Het hachelijke grensverkeer tussen literatuur en leugen, de zelfexploitatie van de eigen obsessies. In elk geval moest Cees Nooteboom zich van die eerste roman bevrijden door in 1963 een tweede roman te schrijven, waarin tamelijk onverholen de afkeer van de literatuur tot thema wordt verheven: *De ridder is gestorven*. Een 'afscheid van de literatuur', noemt Nooteboom die roman, 'ik dacht dat alles gezegd was, dat het nu niet meer ging.'

Wat niet meer ging, zeventien jaar lang, was het schrijven van een roman. Hij publiceerde wel gedichten en vooral poëtische reisboeken, een genre dat hij tot nieuwe bloei heeft gebracht.

Met zijn tijdelijke afscheid van de roman had hij een afstand gecreëerd die hij nodig had om met nieuwe lichtvoetigheid, wijsheid en ook weer ironie naar de roman te kunnen terugkeren. Als alles is gezegd, kun je proberen te zeggen wat daarmee eigenlijk is gezegd. In 1980 verscheen *Rituelen*. In Nederland werd in die dagen gesproken van een comeback van de romanschrijver Cees Nooteboom. Die roman, door Mary McCarthy vergeleken met de romankunst van Nabokov, heeft ook voor Nooteboom zelf de betekenis van een magnum opus. De opzet ervan was oorspronkelijk veel breder. Het verhaal *Een lied van schijn en wezen* maakte er deel van uit, en nog veel meer, wat hij weggelaten heeft. Tussen het geniale *Philip en de anderen* en het vijfentwintig jaar later gepubliceerde *Rituelen* bestaat een breuk, maar er is ook continuïteit. De breuk komt tot uitdrukking in de houding: verlangen en weemoed zijn niet geheel verdwenen, maar getemperd. De continuïteit blijkt uit het thema ritueel. De eerste roman celebreerde het ritueel van het poëtische feest. Nu wordt verteld hoe mensen in onze tijd betekenisvolle eilandjes, dat zijn de rituelen, uit hun leven tillen en vastleggen – ondanks de meeslurende of ook trage stroom van de tijd, die ten slotte alles opslokt. Wat er ook in die roman gebeurt – er blijft steeds een soort grondruis hoorbaar, waaruit de verschillende levensmelodieën opstijgen. De roman is een literair virtuoze, subtiele variatie op het thema van het zijn en het niets.

In het zuiden van Marokko, aan de rand van de woestijn, was hem ooit de schrik in de benen geslagen, vertelde Nooteboom me eens, een schrik die vele jaren is blijven nawerken: de plotselinge ontzetting dat wij in een grenzeloze leegte rondspartelen. Nietig, onbeduidend en tegelijk op schandaleuze en bespottelijke wijze overtuigd van onze eigen betekenis.

In *Philip en de anderen* werden we betrokken bij tedere, breekbare feesten, we mochten even meefeesten als de hemel en de aarde elkaar raken. Maar in *Rituelen* kijken we van buitenaf naar het spel, een galerie van min of meer verkrampte zingevingen van het zinloze. In het 'mooie, lege universum' klampt de een die overhoopligt met de rest van de wereld, zich vast aan zijn kleine ik, bakent het af met een streng ritueel dat de verstrijkende tijd moet trotseren. Een opstand tegen de eisen van de wereld. Een ander wil ook zijn zelf kwijt, hij zoekt de leegte, de tao. Een opstand tegen de eis een ik te zijn. Een leeg theekopje is nog niet leeg genoeg, hij maakt het stuk en berooft zich van het leven. De fictieve verteller is iemand die de weg naar het leven gevonden heeft door zichzelf te overleven. Zo slentert hij door het Amsterdamse wereldje van de jaren zeventig, hij kijkt naar de rituelen van de anderen, hij voelt de aantrekkingskracht die ervan uitgaat en het verlangen zich ertegen te verzetten. *Rituelen* is bepaald geen dweperig boek, maar er zijn passages waarbij je wilt wedden dat het volgende moment Philip met zijn Chinese meisje weer zal opduiken.

Voor mij is die Philip uit die eerste toverachtige roman in elk geval nog niet gestorven. Ik zie hem steeds weer in het werk van Nooteboom opduiken, vooral waar er spelen, rituelen en feesten zijn; hij is een geest die terugkeert. Zeker, hij is ouder geworden, bijvoorbeeld zo oud als de verteller in de roman *In de bergen van Nederland*. Die heeft zich in de bank van een lege schoolklas geperst, heeft daar zijn verhaal op papier gezet en vreest nu dat de kinderen plotseling van de schoolvakantie terugkomen, hem daar zien zitten, de door de ouderdom aangetaste man, 'die misschien al een beetje naar de dood stonk' en die juist daarom wil leven in een wereld 'waar de smerige wetten van de ouderen nog niet golden, waar het bestaan nog niet een verhaal is dat klopt, een wereld waarin alles nog moet gebeuren'.

De verteller loopt het schoolplein op. Daar hebben de kinderen met krijt de vierkanten van het hinkelspel op de grond getekend. Alfonso Tiburon de Mendoza, zoals de verteller heet, weet niet goed meer hoe je dat spelletje speelt. Hij begint te huppelen, tussen hemel en aarde, met het gelukkige gevoel eindeloos verder te kunnen spinnen aan een eindig verhaal.

Ja, hij wil ooit nog over God schrijven, zei Nooteboom op een zondagmiddag, toen we in het zand van Mark Brandenburg over zijn eerste roman zaten te praten. Hij knipperde met zijn ogen, en ik weet niet goed of dat vanwege de zon was of vanwege de ironie.

(Vertaling W. Hansen)

FOTO: GERDA VAN VEEN

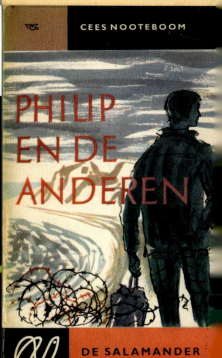

Kritische aantekeningen

Verbluffende vastheid van hand

Uitstekend debuut van Cees Nooteboom

WANNEER HET mij niet was meegedeeld, had ik nooit in Cees Nooteboom een beginnende gezien. Zijn roman "Philip en de Anderen" (Querido) is een zo goed gemaakt stuk werk, dat men hem aanziet voor het voortbrengsel van een ervaren vakman. Doch de frisheid van de voorstelling, de rijkdom aan gevoelsschakeringen, de beminnelijke tederheid van toon zijn inderdaad de onmiskenbare voortreffelijkheden der jeugd. Ik wil gaarne onmiddellijk en nadrukkelijk mededelen, dat ik aan dit boek een onnoemelijk genoegen beleefd heb. Het heeft mij van de eerste tot de laatste bladzijde geboeid, niet door de anecdote of de talloze door elkaar geweven anecdoten, maar door de stemklank van de verteller, zijn vindingrijkdom, zijn nieuw en onmiddellijk bewonderen van de wouderen waar het bestaan uit opgebouwd wordt, zijn ingeschapen vermogen om door de simpele aanraking met knooppunten oud roest tot pas gewassen goud te toveren. Ik bewonder dit boekje en hem die het met zulk een overgave en gespeeldheid schreef, om de overvloed van motieven, welke zich voor onze ogen in een voortdurende beweging samenvoegen en splitsen. "Philip en de Anderen" lijkt op geen ander boek, in onze tijd verschenen. Wanneer men het in naaste bij zou willen vergelijken met bestaande waarden, zou men kunnen spreken van een kruising tussen Clare Lennart (Serenade uit de Verte) en Harry Mulisch (Archibald Strohalm). Dit zou dan vaag en zeker niet volledig een aanduiding kunnen geven van wat Cees Nooteboom met zijn boekje betekent voor allen die eenig belang stellen in de Nederlandse letterkunde en haar toekomst, doch zichzelf verplicht kennis te nemen van deze zowel verrassende als verrukkelijke

Door

aanvang van een kunstenaarswerkzaamheid. Dit boek is klokspijs voor wie zelfs naar een weinig ontvankelijk is voor de werking van een ontroerde, onduidelijke doch nettemin verstaanbaar, "het poëtische" stemt, dat verontrustend element, soms helaas afwezig in een gedicht en bespeurbaar in een onverwachte schikking van voorwerpen. Ik leg de nadruk op het poëtische, want zonder dat kan mij de poëzie noch het poëtische denken. Het openbaart zich hier op vrijwel iedere bladzijde, onbevangen en niet te wijken. Het poëtische maakt elke vorm waarin het zich verwaardigt te verschijnen, tegelijk nieuw en onbegrijpelijk aan het orgaan bezit om poëzie in de meest algemene zin des woords, te onderkennen, staat altijd voor een dubbele ervaring: een onmetelijke verbazing over 's waar men het bestaan niet van vermoedde; — en een diepe indringende zekerheid dat hij wat men voor het eerst onder de ogen kwam, reeds lang, reeds voor zijn geboorte, kende. "Philip en de Anderen", door en door, op de meest natuurlijke wijze poëtisch, wekt in die verbazing in weerwil van het feit dat wij het boek ons leven lang, zonder het te weten, gekend hebben, dat wij het lezen voor het geschreven, voor de schrijver geboren was. Wat doet een schrijver er (in dit geval Cees Nooteboom) anders dan in zijn werk de eeuwigheid tot actualiteit maken. Hij verleent aan het zintuiglijke zowel het overwicht van het wedden als de onbegrensde verwachting van wij toekomst noemen.

ER GEBEURT NIETS en onbeschrijfelijk veel in "Philip en de Anderen". Voor wie alleen de uiterlijke werkelijkheid bestaat en waarde heeft, valt hier niet veel te beleven. Doch zij die weten dat de wereldse daden en de dingen niets anders en niets minder zijn dan (soms wel even boeiende) camouflage, ontdekken achter iedere betekenis een tweede betekenis, achter iedere klank een tweede klank. En alleen afgaande op deze tweede werkelijkheid ontdekt men de eenheid en de noodzakelijkheid van een verhaal dat in schijn onsamenhangend en toevallig is. Wie alleen maar uit zinnebeelden uit is, komt bedrogen uit. Nooteboom stijgt uit boven de opzettelijkheid welke iedere symboliek, hoe treffend ook de uitslutting moge, eigen is. Men kan zich ook niet van hem een verhaal afmaken door het „een droom" te noemen. Cees Nooteboom heeft dit voor zichzelf een tussenwereld geschapen, welke droom noch werkelijkheid is; doch waarin de wezenstrekken van beide onontwarbaar zijn verwerkt. Een wereld waar wij, lezers-indringers, wonderlijk in opgenomen worden en op onmiddellijk thuis voelen, zó thuis dat wij van ons eigen bestaan vervreemd raken.

Toen ik dit boek ingespannen las, had ik na het einde het gevoel van duizeligheid dat wij kennen als wij, uit een diepe slaap plotseling gewekt, instinctief weigeren terug te keren tot de schijn van het nu, tot huis en heden, gelijkelijk benauwend. Nooteboom is bij machte, wat slechts enkele gezegenden toegestaan is, aan de fantasie de onherroepelijke nauwkeurigheid en kuisheid van koperaravures te geven. De man met de burijn mag geen fout maken, want een groeve kan niet ongedaan gemaakt worden. Weleer verbond men met het woord droom een min of meer geheimzinnige, min of meer bekoorlijke onduidelijkheid, welke een volmaakte tegenstelling moest vormen tot de scherpe omtrekken en heldere kleuren, welke men, overmoedig en oppervlakkig, de werkelijkheid noemde. Nooteboom herstelt de droom in zijn klare, doorzichtige en onontkoombare preciesheid, terwijl de zogenaamde werkelijkheid wordt teruggebracht tot wat zij is en behoort te zijn, een vage, zinledige, verwarrende stelling. Als men een boek als "Philip en de Anderen" leest, beseft men wat het dagelijks gedoe ons te dikwijls doet vergeten: dat alleen het ongerijmd rijmt, dat een bouw van staal en steen brozer is dan één van de ontelbare veronderstellingen welke in ieder woord rondtastelen als bacteriën in een waterdruppel. Cees Nooteboom herinnert er ons telkens en telkens weer aan, dat wij alleen met het spel ernstig mogen nemen. Maar een spel heeft regels. Daarom verliest hij zich nooit in zijn beweeglijke vernuften. Soms vreest men even, dat hij zich zal laten wegvoeren, maar immer en juist op het goede ogenblik, keert hij tot zichzelf en ons terug en hervat hij die taal, hoe grillig ook getrokken, nooit verliezen wordt. Wanneer wij, lezers dit bemerken, schenken wij hem ons volle vertrouwen. Wij aanvaarden (met vreugde) het feit dat het absurde zijn natuurlijk element is. En ten gevolge daarvan achten wij, met hem, alles mogelijk. Het allervreemdste leert hij ons doodgewoon vinden. Niets verbaast ons meer als wij eenmaal tot de overtuiging gekomen zijn, dat wij wachten op wonderen, dat wij ons wachten als ons ware vaderland te vormen. Nooteboom behoort tot de zeldzame kunstenaars die hun voorstelling zo sterk aan ons opdringen, dat wij ons schuldig gevoelen wanneer wij alle voorwaarden niet zonder protest kunnen aanvaarden. Doch altijd eindigen wij met hem gelijk te geven. En wij bereiken dat het ogenblik waarop wij ons verstaan zonder te begrijpen al wat geschreven werd om ontvangen, niet om ontleed te worden.

HET ZOU NIET moeilijk zijn om, als men weigert zich over te geven, Nootebooms verbeeldingen te interpreteren en er al wat men maar wil "hinein zu interpretieren". Doch daarmede ontneemt men een beeld en klank de waarden, omdat zij door de rede alleen maar ontluisterd kunnen worden en zij dan, met hun heerlijkheid, onmiddellijk hun veelvuldige zin verliezen. Zodra Wistik en dr Pluizer hun bezoedelde handen trachten te slaan aan het geheim, dat zij ontkennen noch niettemin bovenal vrezen, verstoten zij het werkelijk tussen wat uitgesproken moet en niet uitgesproken mag worden; en een evenwicht dat Cees Nooteboom met een verbluffende vastheid van hand weet te bestendigen. Aan de warmte van zijn stem, meten wij de waarde van wat hij verzwijgt.

Ik geloof dus dat men dit boek verarmt en de schrijver onrecht aan doet, wanneer men te veel wil verklaren. Want juist in het onverklaarde en onverklaarbare schuilt de schoonheid en de waarde van alle leven en dus ook van het leven zoals het zich in een werk van kunst openbaart. Er zijn verduidelijkingen welke verduisteringen zijn. Als ik over dit boek zeg: "Philip en de Anderen" symboliseert een facet van deze en van elke jeugd, waarin positieve en negatieve ervaringen voor goed hun plaats innemen in het levenspatroon", dan brengt dat de schoolmeesterij mij niet nader tot waar het hier om te doen is. Integendeel. Er zakt een afstand tussen mijn ontvankelijkheid en het onuitsprekelijke verlangen van de schrijver. Wanneer de aangehaalde volzin de bedoeling van de schrijver werkelijk weergaf, zou zijn boek niet zo mooi, zo rijk, zo iriserend geworden zijn. "Philip en de Anderen" is juist in staat een werking op ons uit te oefenen doordat er in ontraadseld wordt. Het geheim wordt geëerbiedigd. Alleen stelt de schrijver ons toe in te delen. De betekenis en de waarde van een boek als dit schuilt in het zeldzame feit dat het geen oplossing zoekt en ons ook niet bereng, dat het niet streeft naar een vereenvoudiging van een wereldbeeld, maar naar een compliceren daarvan. Wie het leest, heeft niets geleerd. Hij weet niet meer. Maar hij vermoedens zijn talrijker en oppermachtiger geworden.

Of dit werk feilloos is?
Bestaat er feilloos werk?
En wie bereikt het hoogste waar hij toe in staat is, bij een eerste poging? Maar alle bedenkingen (een teveel aan letterkundige verwijzingen en aanhalingen) zinken in het niet, bij het wonder van het onwereldse welslagen.

Het Vaderland
17 Dec. 1955.

Philip and the Others

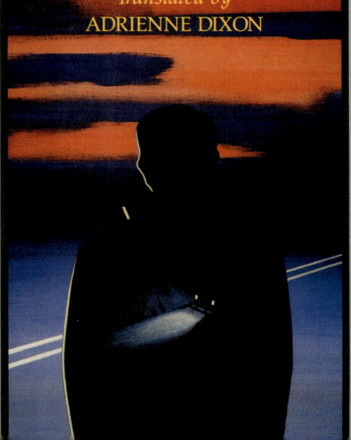

A Novel by
CEES NOOTEBOOM

Translated by
ADRIENNE DIXON

Manuscript *Philip en de anderen*

ALDERT WALRECHT

DE "MADELEINE" VAN CEES NOOTEBOOM

In *Ik probeer mijn pen, atlas van de Nederlandse letterkunde* (1979) wordt een mogelijke invloed van Hans Lodeizen op het vroege werk van Nooteboom (1933) verondersteld. En wie iets over Lodeizen weet, herinnert zich diens bijnaam *De Perk van de Vijftigers*. Jacques Perk (1859-1881) stierf op 22-jarige leeftijd aan tbc en wordt wel de voorloper van de 80-ers genoemd; Lodeizen (1924-1950) werd ook erg jong door dezelfde ziekte geveld en zijn bundel *Het innerlijk behang* (1949) kreeg daardoor ongeveer dezelfde glans als de *Mathilde-cyclus*, na de dood van Perk. De 'achteraffers' — zoals Annie M.G. Schmidt deze lieden zou noemen — hebben het na de dood van deze jonggestorvenen vastgelegd: 'Leef snel, ga gauw dood, dan blijft er een prachtig lijk over om te bewenen...'

Cees (Spreek uit: Sees!) Nooteboom heeft deze raad niet opgevolgd en daarom heeft hij dan ook nooit een ere-naam gekregen in de Nederlandse literatuur, een ere-naam die hij zeker gekregen zou hebben als hij direct na zijn eerste werk — *Philip en de anderen*, gepubliceerd op 21-jarige leeftijd, in 1954 — gestorven was. Alleen het begin van deze kleine roman bevat namelijk reeds zoveel glans, zoveel zuiver verterends, dat ik het tot voor kort altijd jammer heb gevonden dat Cees Nooteboom *niet* direct daarop in een sanatorium moest worden opgenomen, met alle literaire hagiografie vandien. In de romantische reeks van jonggestorvenen-dichters-vol-zuiverheid hadden we dan eindelijk ook eens een jonggestorven prozaschrijver in onze letterkundige gelederen gekregen, waar we zelfs in het buitenland eer mee hadden kunnen inleggen, want wie vergeet ooit die eerste bladzijden van *Philip en de anderen* nadat hij ze gelezen heeft? Ik heb ze bewaard; hier komen ze:

Cees Nooteboom (foto Steye Raviez).

Mijn oom Antonin Alexander was een vreemde man. Toen ik hem de eerste keer zag, was ik tien jaar en hij ongeveer zeven- oom Alexander had ik rhododendrons gezien en ik ging v zichtig het hek binnen en sneed er met mijn zakmes een af.
Voor de tweede keer stond ik voor het terras.
'Ik heb bloemen voor u meegebracht, oom' zei ik. Hij ston en voor het eerst zag ik zijn gezicht.
'Ik stel dit buitengewoon op prijs,' zei hij — en hij maakt

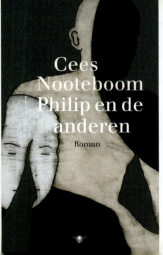

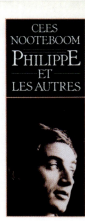

Cees Nooteboom
...het kan wél...

Haagse Post 19 November 1955

Cees Nooteboom: „Philip en de anderen"
Een gezond egocentrisch verlangen

CEES NOOTEBOOM heet de twee en twintigjarige auteur, die debuteerde met een roman: „PHILIP EN DE ANDEREN". (uitg. Em. Querido — Amsterdam 1955).

Het schrijven van een eerste roman is voor de auteur een verantwoordelijke en dikwijls hachelijke onderneming. Voor de criticus is het beoordelen er van een niet minder moeilijke zaak, omdat wij allen de menselijke neiging bezitten, om een literair werk met een ander product van dezelfde schrijver te vergelijken, of de eersteling te toetsen aan werken uit de wereldliteratuur, die met deze eersteling enige overeenkomst vertonen.

Zo de overeenkomst in sfeer of onderwerp de grenzen der toelaatbaarheid niet schendt, is het zelfs schadelijk voor de jonge schrijver om deze verwantschap aan te tonen. Men doet een schrijver altijd te kort om tijdens het lezen van zijn boek aan het werk van een andere schrijver te denken om zodoende aan de behoefte te kunnen voldoen, de jeugdige debutant in een vertrouwde literaire groep onder te brengen.

Dichter

Tijdens het lezen van „Philip en de Anderen" bekruipt mij de lust om de namen van Rilke, Gilliams, Fournier en Capote te noteren. Deze auteurs van wereldformaat zijn echter bij nadere beschouwing zo tegenstrijdig aan elkaar, dat deze namen tegelijk weer kunnen vervallen, waarbij er alleen een bepaalde geestesgesteldheid overblijft, die Cees Nooteboom met deze en tientallen andere schrijvers gemeen heeft.

Het is de geestesgesteldheid, waarbij men zich in twee werelden tegelijk thuisvoelt, met weinig behoefte om deze beide „werelden" met elkaar te verbinden. Hier is nauwelijks sprake van een kloof tussen droom en realiteit, maar van een bewuste scheiding tussen uiterlijke realiteit en innerlijke realiteit.

In de literatuur is het gevolg hiervan een zakelijk proza, waarin geen enkel onderdeel van de werkelijkheid wordt ontwoken, maar waarin de auteur altijd probeert om de verwondering over de realiteit in zichzelf op te bouwen. Hij wenst geen verklaring zoals b.v. Kafka, maar hij bewaart en koestert zijn eigen, dichterlijk domein, om er huiverend in te kunnen dwalen. Cees Nooteboom demonstreert niet de vooropgezette vermoeidheid, die de meeste jonge — zeer jonge — auteurs tijdelijk aanwenden om er hun onvolwassenheid mee te ontkennen. Hij verdiept zich niet in burgerlijke boosaardigheden; in sexuele afwijkingen of in onecht cynisme. Hij is niet zo Calvinistisch conservatief als vele jongeren, die nu eeuwige, loodzware strijd voeren tegen hun provincialisme en als negatieve dominees hun ongeloof preken. Integendeel hij bezit alle eigenschappen van de „dichter".

Bezeten met het gezonde, egocentrische verlangen om het paradijs op aarde reeds te vinden, spreekt hij over het geluk, als over een voor de hand liggende menselijke eigenschap. Voorlopig zoekt hij zijn geluk in het schrijven. Zijn techniek is uitstekend. Hij schrijft helder en zakelijk, zonder te vervallen in het stupide administratieve proza, dat met een weinig scholing bereikt kan worden. Zijn zinnen zijn soepel, beeldend en poëtisch. Zijn roman is in elk opzicht een moderne roman en geen verslag. Voor alles „betrapt" hij niet de anderen, maar zichzelf, wat een bewijs is voor zijn intelligentie.

Gezond egocentrisch

Philip en de Anderen is het verhaal over een jongen, die van zijn oude, zonderlinge en eenzame oom Alexander te horen krijgt dat het paradijs vlak tegen de wereld aan woont en dat hij nooit moet ophouden om er naar te zoeken.

Deze oom is de eerste „andere" uit de roman, waarin vele andere voorkomen die Philip met hun verhalen proberen te ontmoedigen. Hij zwerft door heel Europa, omdat hij het Chinese meisje wil leren kennen, over wie een ander hem heeft verteld. Als hij het meisje eindelijk ontmoet, maakt hij zich in zijn liefde voor het leven, dat zijn eigen troost is, vrij van de anderen. Deze vrijheid luidt zijn volwassenheid in.

Met deze roman heeft Cees Nooteboom bewezen, dat hij met kop en schouder uitsteekt boven de meeste schrijvers van zijn generatie, waarvan hij de jongste is. Ook al zou zijn tweede roman dit per voorlopig niet meer halen, dan nog blijft „zijn debuut" een klein meesterwerk. Iemand die een dergelijke volwassen toon schrijft als hij nauwelijks de volwassenheid heeft bereikt, kan, als hij zichzelf de benodigde rust gunt, een schrijver worden van formaat, die door geen andere auteur dan door Cees Nooteboom beïnvloed zal kunnen worden.

RICO BULTHU[?]

Cees Nooteboom: „Philip en de Anderen"